魔法戦士リウイ ファーラムの剣
賢者の国の魔法戦士
「女だから、どうした?」
騎士の顔が怒りにゆがんだ。

「滅びよ……」
生ける鎧《リビングアーマー》は冷たく言うと、
大剣を振りかぶった。

「やったね！」
ミレルが容赦なくリウイの首に抱きつき、
アイラも負けじと彼の左腕を取って、
自らの胸に押し抱く。

魔法戦士リウイ　ファーラムの剣

賢者の国の魔法戦士

1031

水野　良

富士見ファンタジア文庫

100-14

口絵・本文イラスト　横田守

目次

第1章　旅の仲間？

1

石造《いしづく》りの建物が、通りの両側《りょうがわ》にずらりと並《なら》んでいる。

通りはすべて石畳《いしだたみ》で、雨水を流すための溝《みぞ》にも蓋《ふた》がされてある。大通りでもないというのにゴミはひとつもなく、物乞《ものご》いや路上《ろじょう》で暮《く》らす人々の姿《すがた》も見えない。

ここはアレクラスト大陸最大の都市オラン。同名の王国の王都である。

その街の小路《こみち》のひとつを、五人の男女が物珍《ものめずら》しそうに歩いていた。

男はひとりだけで、あとの四人は皆《みな》、女性《じょせい》である。

「エレミアも大きな街だったけど、ここはまさに別格《べっかく》だね」

四人の女性のひとり、黒髪《くろかみ》の少女が目をいっぱいに開きながら感嘆《かんたん》の声をあげる。

「大陸最大の王国の王都だものね。市街《しがい》だけでも、十万人を数えるそうよ。近郊《きんこう》の村々を含《ふく》めたら、いったいどれくらいの人口になるんでしょうね……」

眼鏡《めがね》をかけた女性が、少女に答えた。

「賢者《けんじゃ》の王国オラン、またの名は冒険者《ぼうけんしゃ》の王国……」

燃《も》えるような赤毛《あかげ》の長身の女性が、ひとりごとのようにつぶやく。

「ここから、わたしたちの試練《しれん》がはじまるわけですね……」

金髪《きんぱつ》の女性はそう言うと、胸《むね》の前で手を組んでしばし瞑目《めいもく》した。試練という言葉に緊張《きんちょう》しているというより、陶酔《とうすい》を覚えているように見える。

「そういうことだ」

ただひとりの男が、大きくうなずく。

それから顔を上げて、遠くに見えるオランの王城《おうじょう》に挑《いど》むような視線《しせん》を向けた。

彼の名前はリウイ、剣の王国オーファンの妾腹《バスタード》の王子にして魔法戦士《ルーン・ソルジャー》だ。

旅の仲間である四人の女性は、黒髪の少女が盗賊《とうぞく》のミレル。

魔法《まほう》の眼鏡をかけているのはリウイの幼《おさな》なじみでオーファン魔術師《まじゅつし》ギルドの同僚《どうりょう》でもあった女性魔術師《ソーサリス》アイラ。

赤毛の女性は、ヤスガルン山脈《さんみゃく》の山岳民《さんがくみん》アリド族出身の女戦士ジーニ。

純白《じゅんぱく》の神官衣に身を包《つつ》んでいる豪奢《ごうしゃ》な金髪の女性は、戦神マイリーを信仰《しんこう》する侍祭《じさい》にして神官戦士のメリッサである。

そしてこの場にはいないが、もうひとりティカという名の竜司祭《ドラゴンプリースト》の娘《むすめ》が、クリシュという火竜《ファイアドラゴン》の幼竜《ドラゴンパピー》とともに、郊外《こうがい》の森のなかに身を潜《ひそ》めている。

幼竜とはいえ、街のなかに連れて入れば恐慌《パニック》が起《お》きるのは必至《ひっし》だからだ。

旅の目的は二通の手紙を届《とど》けることである。

一通はリウイの実父《じっぷ》オーファン王リジャールからオラン王カイアルタード七世へ宛《あ》てられた親書《しんしょ》。もう一通は、リウイの養父であるオーファン魔術師ギルドの最高導師《どうし》カーウェスからオラン魔術師ギルドの最高導師マナ・ライへの返書《へんしょ》だ。

リウイたちの旅はまもなく終わろうとしている。しかし、メリッサが言ったように、それは新たなる旅のはじまりでしかない。

世界を破滅《はめつ》から救《すく》うというとてつもない大試練の……

オランの宮廷《きゅうてい》にはミレルに使者となってもらい、到着《とうちゃく》が今日になることを五日も前に知らせてある。オーファンの公式な使者ゆえ、予告《よこく》もなしに突然《とつぜん》、王城を訪《たず》ねるわけにはゆかないのだ。

オランの街に入ったのは、今朝の比較的《ひかくてき》早い時間。それから市場をぶらぶらと回って時間を合わせ、早めの昼食《ちゅうしょく》を摂《と》って王城へと向かっているところだった。

オランの街の感想《かんそう》をあれこれ言いあいながら、市場から続く路地《ろじ》を抜け、大通りへと出た。王城は、この大通りを左に曲がって、まっすぐに行ったところにある。

そのときだった。

「あっ、ごめんなさいね」

アイラが声をあげた。

「どうした？」

リウイが振り返ると、彼女の側《そば》に騎士《きし》と思《おぼ》しき甲冑《かっちゅう》姿があった。

騎士には四人の連れがいる。

戦士ふうの若者《わかもの》もいれば、目つきの鋭《するど》い、いかにも盗賊ふうの男もいる。あとは魔術師の長衣《ローブ》を着た少年と、もうひとりは普段《ふだん》着姿の娘である。

（こいつらも、冒険者なのか？）

普段着姿の娘がまじっているのは違和感《いわかん》を覚えるが、他に考えようのない組み合わせだった。

リウイたちは五人の行く手を遮《さえぎ》る形になってしまったのである。それでアイラが挨拶《あいさつ》がわりに謝《あやま》ったのだろう。

（街を歩けば、冒険者に出くわす。さすが、冒険者の王国だな）

リウイは心のなかでつぶやきながら、そのまま気にもせず、王城がある方向へと歩きはじめる。

しかし——

「おい！」

と、リウイたちの背に甲高《かんだか》い声がかけられた。

「な、なんだ？」

リウイは思わず振り返る。

呼び止められたからではなく、声と言葉に違和感があったからである。

その声はあきらかに女性のそれだった。歌唄《うたうた》いにしたいほど美しく澄《す》んでいる。しかし言葉や口調《くちょう》は、乱暴《らんぼう》きわまりなかった。

「横から割《わ》って入っておきながら、先に行くとはどういうつもりだ。同じ道を行くのなら、我々《われわれ》の後に続くのだな！」

そう怒鳴《どな》るように言ったのは、普段着姿の娘ではなく、甲冑を着た騎士だった。

「あんたは女だったのか？」

リウイは騎士の顔をじっくりと見る。

言われてみれば、奇麗《きれい》な顔をしている。身長もやや低く、体格《たいかく》も華奢《きやしゃ》に見えた。髪を短く刈《か》り、重い甲冑を軽々《かるがる》と着こなしていたので男と思いこんだのだが、普通に着飾《きかざ》れば男たちの注目を集めることだろう。

「女だから、どうした？」

騎士の顔が怒《いか》りにゆがんだ。

「どうもしないさ。ちょっと驚《おどろ》いただけだ。気分を害《がい》したのなら謝る」

リウイはそう言って、かるく頭を下げた。

「だが、先には行かせてもらうぜ。あんたたちの邪魔《じゃま》をしたかもしれないが、オレたちのほうが現実、前にいるんだから。それが気にいらないというなら、勝手《かって》に追い抜けばいい。オレたちは別に競《きそ》ったりしないから」

「な……」

反論《はんろん》されるとは思ってもいなかったのか、女騎士が言葉を失った。

「ぶ、無礼《ぶれい》であろう！」

「無礼ってことはないだろう。どうやら、あんたはこの国の騎士のようだが、今はどう見たって冒険者だ。オレたちと立場は変わらないだろ？」

「わ、わたしに口答えするのか？」

女騎士は激高《げっこう》し、腰《こし》の剣に手をかける。

「やめなよ、シヴィル」

普段着姿の娘が、女騎士をなだめようとする。

「そうですよ。彼が主張していることは正論です。いきなり路地から出てきて、前を塞《ふさ》いだのは失礼の極《きわ》みですが……」

長衣を着た少年が、真顔《まがお》で言った。

「アストラ……、それ火に油を注《そそ》いでいるわよ」

娘がため息をついた。

「もしかして、あたしたち、喧嘩《けんか》売られてる?」

ミレルがじとりとした目をしながら、リウイの服の袖《そで》をつんつんと引く。

「どうも、そうみたいだな」

リウイは長い黒髪をかきあげながら、あとの仲間たちを見回した。

「相手にすることはない」

ジーニがぼそりと言った。

「そうです。ここは我慢《がまん》してさしあげましょう」

メリッサは笑顔だったが、こめかみのあたりがわずかにぴくついている。

アイラは呆《あき》れているのか、何も言えないというようにため息をつき、肩《かた》をすくめた。

「相手にするなだと？　我慢してさしあげるだと？」

女騎士の顔が真っ赤になる。

「おまえたち、これ以上、シヴィルリア様を侮辱《ぶじょく》すると容赦《ようしゃ》しないぞ」

盗賊ふうの男が、殺気《さっき》のこもった声で言った。

それに反応《はんのう》し、ミレルが懐《ふところ》に手をすっと入れる。そこには二本の短剣《ダガー》が隠《かく》されている。

「侮辱しているつもりはないさ。失礼というなら、確かにその通りかもしれないけどな」

リウイは平然《へいぜん》と答えた。

「オラン領内《りょうない》で、オラン王国の騎士と知りながら反抗《はんこう》しているのです。手討《てう》ちにしてしまってもいいのではありませんか？　わたしの村の御領主《ごりょうしゅ》は馬の前を横切ったというだけで、子供《こども》を切り捨《す》てにしましたよ」

リウイの言葉を聞いて、長槍《ロングスピア》を担《かつ》いだ衛士ふうの若者が静《しず》かに言った。

「ダニロ！　これ以上、シヴィルを刺激《しげき》しないでよ」

普段着の娘が悲鳴《ひめい》にも似《に》た声をあげる。

「そんな非道《ひどう》な領主と同じにするな！　わたしはただ侮辱されたまま済《す》ませるわけにはゆかないと言ってるだけだ。この男には少々、痛《いた》い目を見てもらわぬ、とな」

女騎士が勢《いきお》いこんだ。

「こんな往来《おうらい》で騒《さわ》ぎを起こしたら、叱《しか》られるのはシヴィルのほうでしょ」

普段着の娘は、なおも女騎士をなだめようとしている。

大通りを行き来する人々のなかにも、リウイたちが揉《も》めているのに気づき、ひとりふたりと足を止めはじめている。

確かにこのままでは、大騒動《そうどう》になるのは必至《ひっし》だ。

「どうする？　なんだか勝手《かって》に話を進められてるけど……」

ミレルがリウイを見上げながら訊《たず》ねた。

「急いでいるわけじゃないが、それほど暇《ひま》というわけでもないんだがな」

リウイはため息まじりに言った。

だが、その目はすでにやる気、十分である。

「すぐに終わらせればいいさ」

ジーニがほくそ笑む。

「この方々が納得《なっとく》されないのなら、しかたありませんもの」

メリッサがうなずく。

「あなたたちって、ほんと昔と変わっていないのね。どうして、こうも騒動が好きなの？」

アイラが疲《つか》れた表情《ひょうじょう》で言った。

「アイラ、それは逆だぜ。騒動のほうが、オレたちを好きなのさ」

「そうよね～。エレミアの一件で、派手《はで》にしていようが大人しくしていようが関係ないって思い知らされたわ。おかげで、アイラももどってこられたじゃない」

リウイの言葉に、ミレルが付け加える。

「それとこれとは、話が別だと思うけど……」

アイラはいちおう指摘《してき》しておいたが、もはや何を言っても無駄《むだ》ということは分かっていた。双方《そうほう》ともにやる気になっているのだから、止めようがない。

「やるなら、くれぐれも目立たないところでお願いね……」

相手の冒険者のなかで、ただひとり、争《あらそ》いを収《おさ》めようとしていた普段着の娘も、ついにあきらめたようだった。

「どこか、いい場所は知っているか？」

リウイは女騎士に訊ねた。

「戦神マイリーの神殿《しんでん》が近くにある。その中庭なら、通りからは見えないし、神官たちも止めには入らない」

「なるほど、絶好《ぜっこう》の場所だな」

リウイはうなずいた。

「そうと決まれば、さっさと済ませようぜ」

「たいした自信だな」

女騎士がふんと鼻を鳴らす。

だが、そのとき――

「どけ！　どけ!!」

という怒鳴り声とともに、馬の蹄鉄《ていてつ》が石畳を叩《たた》く甲高《かんだか》い音が、王城《おうじょう》の反対方向から聞こえてきた。

「王命である！　道を空けよ!!」

怒鳴り声はそう続く。

それを聞いた人々は、あわてて道の両側へと退《の》いた。

振り返って見ると、騎馬《きば》に乗った数人の集団《しゅうだん》が、まっすぐリウイたちの方へと向かってきていた。

「オランの騎士団みたいね」

アイラがそう言って、どうするのとリウイに目で問いかけてくる。

「まずいな」

リウイは舌打《したう》ちをした。

こんなところを見咎《みとが》められたら、いろいろと面倒なことになる。

そして騎士のひとりが馬の速度《そくど》を落として、リウイたちを取り囲《かこ》む人垣《ひとがき》に何事《なにごと》かと問いただしてきた。

「この決着《けっちゃく》は、次にあったときにしないか？」

リウイは女騎士に声をかけてみた。

「……承知《しょうち》だ」

意外《いがい》なことに、女騎士は了承《りょうしょう》した。

悔《くや》しくてたまらないという表情ではあったが、仲間たちとうなずきあうと、リウイたちが歩いていた路地へと駆《か》けこんでいった。

「どうやら、あの人たちのほうもまずかったみたいね」

アイラがホッとしたように、ひとつ肩で息をする。

「あの慌《あわ》てようだと、オレたち以上にまずいんだろうな」

リウイが苦笑まじりに相槌《あいづち》を打つ。

「ま、大事《おおごと》にならないでよかったわ。あの女騎士や魔術師の少年はともかく、戦士ふうの人とか、盗賊ふうの男とか、けっこう怖《こわ》そうだったもの」

「確かに、気合《きあ》い入ってたよね。あれは、人を殺したことがある目よ。あるいは平気で人を殺せる目ね」

ミレルが腕組《うでぐ》みしながら、うんうんとうなずく。

彼女もオーファン盗賊ギルドで蛇《へび》——暗殺者《アサッシン》の訓練《くんれん》を受けている。その気になれば、いくらでも冷酷《れいこく》になれるのだ。実際《じっさい》、湖岸《こがん》の王国ザインでは、〝差し手〟ルキアルの放《はな》った密偵《みってい》を相手に死闘《しとう》を演《えん》じ、勝利している。

「このぐらい騒ぎのうちにも入らないさ。湖岸の国ザインでは国境《こっきょう》に入るなり、兵士に追いかけられたし、砂塵《さじん》の国エレミアでは皇太子の後宮《ハーレム》にほとんど拉致《らち》同然《どうぜん》に連れてゆかれたからな」

リウイは何事もなかったかのような表情だった。

「あなたたちと一緒《いっしょ》にいたら、気の休まる時がないということね」

アイラは言って、肩をすくめる。

「それが嫌《いや》というなら、いつでも降《お》りてくれていいからね」

その言葉に、ミレルが期待を込《こ》めた目で、アイラを見つめた。大きな黒い瞳が、いつにもましてきらきらと輝《かがや》く。

「残念だけど、そうはゆかないわよ。あんな目に遭《あ》ったんだもの、さすがに腹《はら》がすわったわ。それに、事が事だけにどこにも逃げようがないしね」

最後まで付き合うわ、とアイラはミレルを睨《にら》み返した。

人垣が散《ち》るのを確認してから、オランの騎士は仲間の後を追って、王城がある方向へと駆《か》け去っていった。

「あの人たち、あなたを出迎《でむか》えるために召集《しょうしゅう》されたのかしらね」

アイラがリウイを振り返って言う。

「そうかもしれない。堅苦《かたくる》しいのは、嫌《きら》いなんだけどな」

リウイは苦笑《くしょう》をもらした。

「しかたないわよ。あなたはオーファンの王子様なんだもの」

アイラはため息まじりに言う。

自分だけの王子でないことが、彼女には不満《ふまん》なのだ。

（ホント、あなたといると気が休まるときがないわ）

アイラは心のなかで、さっき口にしたばかりの言葉をもう一度、繰《く》り返してみた。

2

オランの王城《おうじょう》に着いたリウイたちは、騎士たちの出迎えを受け、玉座《ぎょくざ》の間《ま》へと案内された。そしてオラン国王カイアルタード七世に謁見《えっけん》した。

リウイはオラン王に宮廷儀礼《きゅうていぎれい》に従《したが》って挨拶《あいさつ》を行い、オーファン王リジャールからの親書を恭《うやうや》しく手渡す。

そのあとは短く言葉をかわしただけで、公式な謁見はあっさりと終わった。

もっとも、オラン王は、

「別室に食事の用意をさせてある。ゆっくりと語り合いたいことがあるゆえ……」

と、リウイに声をかけてきた。

食事はすでに済ませていたが、リウイはもちろんそれを受ける。その席で話し合われることこそが、彼と仲間たちがオランまで旅をしてきた本当の理由だからだ。

「まずは、くつろいでくれたまえ……」

オラン王は自らも食卓《しょくたく》に着くと、居心地《いごこち》悪《わる》そうにしているリウイたちに促《うなが》した。

リウイたちは無言《むごん》でうなずくと、それぞれ椅子《いす》に腰を落ち着ける。

食事の皿はなかったが、飲み物の用意はされてあった。

部屋は小さくまとまっていて、長方形の食卓が置かれている以外は、最低限の調度品《ちょうどひん》や美術品しかない。

昼間だというのに窓《まど》は固《かた》く閉《と》ざされ、魔法《まほう》の明かりが青白く天井《てんじょう》に輝いている。

そして部屋には四人の先客《せんきゃく》がいた。

「オラン魔術師《まじゅつし》ギルドの最高導師《どうし》マナ・ライ師、次席《じせき》導師のバレン師、そして皇太子のランディーヌ。もうひとりは近衛騎士《このえきし》隊長のイゴール」

カイアルタード王が、四人を順に紹介《しょうかい》してゆく。

「オーファンの王子リウイです。こちらにいるのは、わたしの仲間たち」

リウイはもう一度、立ち上がって四人に挨拶する。ジーニたちも無論、彼に倣《なら》う。

四人とも、名前だけは知っていた。

マナ・ライは〝大賢者《だいけんじゃ》〟として大陸中にその名を知られた人物で、魔術師ギルドを創始《そうし》した大魔術師だ。年齢《ねんれい》は百歳を超《こ》えているはずだが、外見だけならリウイの養父《ようふ》カーウェスより若《わか》く見える。

しかし、養父カーウェスはマナ・ライの孫弟子なのだ。マナ・ライの直弟子《じきでし》のひとりがオーファンに魔術師ギルドを開設《かいせつ》し、カーウェスは最初に弟子入りしたひとりなのである。

「仲間が全員、女性とは、羨《うらや》ましいかぎりじゃな」

そのマナ・ライは笑い声をあげながら、ジーニたち四人をじろじろと観察《かんさつ》した。

「は、はあ……」

予想《よそう》もしなかった言葉に、リウイは戸惑《とまど》いながらも挨拶を返す。まさか、この大魔術師から、そのことを指摘《してき》されるとは思いもしなかったのだ。

「大賢者マナ・ライ……。わたしたち魔術師にとっては生ける伝説よね」

アイラが緊張した声で、リウイに耳打ちする。

「それはそうだが、あれだけ元気そうだと、伝説って感じはしないよな。言ってることも俗物《ぞくぶつ》っぽいし……」

リウイは小声で答えた。

マナ・ライの隣《となり》では、儀礼用の長衣を身に着けた初老の魔術師が無表情に立っていた。

次席導師のバレンである。

（この男が、すべての元凶《げんきょう》というわけか）

リウイは心のなかでつぶやいた。

魔術師にしては体格《たいかく》も立派《りっぱ》で、行動的な雰囲気《ふんいき》がある。魔術師の長衣《メイジローブ》を着ていなければ、魔術師とは分からないほどだ。

（それについては、他人のことを言えた義理《ぎり》じゃないけどな）

リウイは魔術師の長衣を着てさえ、魔術師と思われないこともしばしばである。実父リジャールから譲《ゆず》りうけた長身とごつい体格をしているからだ。

国王の左隣の席についた皇太子ランディーヌもすでに初老である。高齢《こうれい》の父を補佐《ほさ》し、大陸最大のこの王国を滞《とどこお》りなく治めていると伝え聞く。武よりも文を重んじるオラン王家の伝統《でんとう》を受け継《つ》ぎ、物静《ものしず》かな雰囲気の人物だった。

国王と皇太子の背後《はいご》に立つ近衛騎士隊長イゴールは、やや小柄《こがら》ながらも鍛《きた》えあげられた筋肉《きんにく》のため、ずんぐりとした体格をしていた。鎧《よろい》は身に着けておらず、普段着のような衣《い》服《ふく》に小剣を帯《お》びているだけだが、その全身から発せられる威圧感《いあつかん》は、肌《はだ》にぴりぴりと伝わってくるほどだった。

リウイがひとりひとりと握手《あくしゅ》をかわしてゆくあいだに、オラン王はリウイが預《あず》かってきたオーファン王からの親書を開封《かいふう》し、読みはじめた。マナ・ライもカーウェスからの返書をリウイから受け取り、やはり目を通してゆく。

ふたりは手紙を読み終わると、顔を見合わせ、うなずきあった。

「リウイ王子は親書の内容《ないよう》を聞かされているのかね？」

カイアルタード王が訊ねてきた。

「正確には知りません。ですが、だいたいの内容は知っています。アトンとかいう魔精霊《ませいれい》のことが書かれてあるのではないですか？」

「さよう」

リウイの返答に大きくうなずく。

「剣《つるぎ》の王国オーファンは、そして魔法の王国ラムリアースはアトンとの戦いに協力すると申《もう》し出てくれた。そして王子とその仲間が陣頭《じんとう》に立つと……」

「覚悟《かくご》はしています。わたしも、そして仲間たちも」

リウイが神妙《しんみょう》な表情《ひょうじょう》で言うと、ジーニたち四人も無言でうなずいた。

「オラン王国として、まず心から感謝《かんしゃ》させていただく」

カイアルタードはそう言って、リウイたちに深々《ふかぶか》と一礼した。それからマナ・ライに視《し》線《せん》を向ける。

マナ・ライはうなずくと、オラン王から話を引き継いだ。

「まずは、アトンについて、わしが知るかぎりのことを話さなければなるまい……」

そう切りだして、マナ・ライは長い話をはじめた。

「古代カストゥール王国の末期《まつき》、無限《むげん》の魔力《まりょく》を供給《きょうきゅう》する魔力の塔《とう》が完成し、王国の魔法文明が大いに栄《さか》えたことは知っておろう。強力な魔法器、魔法装置《そうち》が創《つく》られ、アレクラスト大陸のみならず、海を越《こ》えた世界の各地に都市が建設された。そのひとつが、このオランの北西に廃墟《はいきょ》として横たわっている空中都市レックスじゃ。南の呪《のろ》われた島には湖上《こじょう》都市が、大陸東部の森のなかには幻覚《げんかく》都市が建設されている。そしてカストゥール王国最後の王都に選ばれたのは、精霊の力を借りて地中に建設された精霊都市フリーオンじゃった……」

破局《はきょく》は、そのカストゥールの王都で始まったのだ。

フリーオンは都市の機能《きのう》を維持《いじ》するために四大の上位精霊《エレメント》が呪縛《じゅばく》されていた。その四大の上位精霊のうちのひとつ大地の魔獣《まじゅう》ベヒモスが突如《とつじょ》、変異《へんい》したのである。そして残る三体の上位精霊と融合《ゆうごう》し、アトンは生まれた……

アトンは自然や生物から精霊力を吸収《きゅうしゅう》し、無限に成長していった。そして精霊力が完全に消失《しょうしつ》した場所は、風も吹《ふ》かず、水も流れず、植物も宿《やど》らず、太陽の恵《めぐ》みも届《とど》かない不毛《ふもう》の場所となる。

すなわち、アレクラスト大陸の北部に広がる無の砂漠《さばく》だ。アトンは世界のすべてを無の砂漠に変え、滅《ほろ》ぼすのである。

もちろん、古代王国の支配者《しはいしゃ》であった魔術師たちも、それを静観《せいかん》していたわけではなかった。

アトンを倒《たお》すべく様々《さまざま》な手段が講《こう》じられ、しかし、そのどれもが失敗に終わる。

最後に古代王国が講じた手段は、精霊力を消滅《しょうめつ》させる魔法の剣《けん》を創りだすこと。そしてその素材《そざい》として使われたのは、アレクラスト大陸最高の魔術師である魔法王ファーラムの肉体であった。

そのファーラムの剣を託《たく》されたのは、古代王国で最高の戦士。その戦士は見事《みごと》、アトンに剣を突《つ》き立て、この魔精霊を消滅させた。

だが、その代償《だいしょう》は大きく、魔法文明を支《ささ》えていた魔力の塔が暴走《ぼうそう》し、崩壊《ほうかい》したのである。

そして王国も当時、蛮族《ばんぞく》と蔑《さげす》まれていた大陸各地の小部族の一斉蜂起《いっせいほうき》により滅亡《めつぼう》する。

「……かくして、魔法の時代が終わり、剣の時代が始まったわけじゃ」

マナ・ライは長い話を終え、大きく息をついた。

「四大の上位精霊が融合を、ね……」

アイラがぽつりとつぶやく。

「上位精霊は神にも匹敵《ひってき》する存在《そんざい》。そして複合《ふくごう》精霊は混沌《こんとん》に属《ぞく》するもの。アトンのような魔物になるのも当然《とうぜん》だな……」

リウイが吐き捨てるように言う。

「そしてアトンは完全に消滅したわけではなかったのじゃ……」

マナ・ライは言うと、次席導師《どうし》のバレンに目配《めくば》せをした。

「アトンが復活《ふっかつ》した経緯《けいい》については、わたしから語らせていただく……」

そう言って、バレンは静かに立ち上がる。

「わたしは仲間とともに冒険者をしていた。〝開拓《かいたく》者〟〝見つける者〟などと呼《よ》ばれていたが……」

「大陸でもっとも実力のある冒険者だと噂《うわさ》で聞いたことがある」

ジーニがうなずく。

「わたしにとって、冒険とは古代王国を研究《けんきゅう》するための手段に他《ほか》ならなかった。そしてわたしは誰も訪《おとず》れたことのない古代王国の遺跡に挑《いど》む計画を立てた。それは無の砂漠の最深《さいしん》部《ぶ》に横たわる魔法王国最後の王都……」

「精霊都市フリーオンだったというわけか」

リウイが顔をしかめる。

「そんな冒険をしようなんて考える者がいるなんてな」

〝見つける者〟たちは、それほど優《すぐ》れた冒険者だったということだ。

「わたしたちは無の砂漠を越《こ》え、精霊都市フリーオンの廃墟に入った。そして探索《たんさく》を進めるうちに、仲間のひとりの精霊使いが、廃墟の一角《いっかく》で精霊力がゆらめいているのを発見したのだ……」

精霊使いは興味《きょうみ》にかられ、そこから精霊を召喚《しょうかん》しようとした。そして呼びだされたのが、魔精霊アトンだったのである。

「言い訳《わけ》にはならないが、わたしはそのとき別の場所にいたのだ。もしも、その場にいたら、精霊使いを止めることもできたのだろうが……」

召喚されたアトンは、精霊使いに襲《おそ》いかかっていった。

精霊使いは自分の身を守るため、水晶《すいしょう》に封印《ふういん》して連れてきた精霊を解放《かいほう》し、精霊魔法の呪文《じゅもん》を唱《とな》えた。

それがアトンに精霊力を注《そそ》ぎ、成長させることになるとも知らずに――

「……アトンはわたしの仲間たちを殺し、すべての精霊力を奪《うば》った。わたしはただひとり、瞬間移動《テレポート》の呪文を使い、オランの街へと帰ってきたのだ」

バレンは感情《かんじょう》を押《お》し殺した声で淡々《たんたん》と言った。

「仲間を見捨てて、逃げ帰ったんじゃないですよね？」

ミレルが普段《ふだん》は円《つぶ》らな目を刃《やいば》のように細《ほそ》めて、バレンを見つめる。

「生き恥《はじ》をさらしているということは自覚《じかく》している。だが、アトンの復活を世に知らせる必要があったのだ……」

バレンはミレルの視線を真っ向から受け止めて、答えた。

その言葉で、ミレルは納得《なっとく》したらしく無言でうなずく。そのとき死んでいたほうが楽に決まっている。しかし、同情する気にはなれない。彼が企《くわだ》てた冒険のために、世界は滅亡するかもしれないのである。

「アトンは今、無の砂漠を横断《おうだん》しつつある。その速度はゆっくりとしたものだが、いつかは必ず精霊力の溢《あふ》れた場所にたどり着く。遅《おそ》くとも十年のうちだと、わたしは推測《すいそく》している……」

「十年……」

アイラがつぶやき、思わず身を震《ふる》わせた。

「アトンがどういう魔物かは分かりました。それが、どうして復活したのかも……。我々《われわれ》は十年のあいだに、魔精霊をふたたび消滅させなければならないということですね」

「そのとおり」

リウイの言葉に、バレンは静かにうなずいた

「でも、そんな魔物。どうやって、滅《ほろ》ぼすの？」

ミレルが疑問《ぎもん》を口にする。

「カストゥール王国の魔術師《まじゅつし》たちがあらゆる手段を講《こう》じて、しかし、そのすべてが失敗に終わっている。我々が策《さく》を考えたとて、成功するとは思えない。それゆえ、もっとも確実《かくじつ》な方法は、アトンを倒《たお》した魔法の剣、ファーラムの剣を捜《さが》しだすことだと、わたしは思っている……」

バレンが答えた。

「ファーラムの剣を捜す、か……」

リウイは呻《うめ》くように言う。

「雲をつかむような話だ。それに古代王国最高の戦士とやらがアトンを消滅させたとき、剣が壊《こわ》れてしまったかもしれない」

「その可《か》能性《のうせい》は否定《ひてい》せんよ」

バレンは無表情にうなずいた。

「だが、その場合には世界の滅亡は避《さ》けられないということだ」

「ファーラムの剣は存在するものとして行動するしかないというわけか……」

リウイはいかつい肩をわずかにすくめる。

選択《せんたく》の余地《よち》はないということだ。

「古代王国が命運《めいうん》をかけて創《つく》った剣じゃ。そうそう壊れたりはせんと思うよ。それに、もしも剣が壊れておれば、魔力の塔は暴走《ぼうそう》していないはず。アトンを倒したあとも剣が魔力を発しつづけたからこそ、塔は崩壊したのではないかな?」

マナ・ライが穏《おだ》やかに指摘《してき》した。

「なるほど……」

大賢者《だいけんじゃ》と呼《よ》ばれる老人の言葉だけに、その推測《すいそく》には真実《しんじつ》の響《ひび》きが感じられた。

「力強いお言葉です」

リウイは大賢者の推測を素直《すなお》に信じようと思った。

「ファーラムの剣はどこかにある。大陸は広いが、諸王国《しょおうこく》が協力すれば、それほど難《むずか》しいことではないかもしれない……」

「それは、諸王国に親書を送って協力を要請《ようせい》せよ、ということかね？」

リウイの言葉に、オラン王が困惑《こんわく》の表情を浮かべた。

「現実、オーファンには親書を送られたではありませんか？」

「親書はわしからカーウェス宛《あ》てに送ったものじゃ。失礼ながらリジャール王に送ったものではない」

マナ・ライがリウイの疑問に答えた。

「カーウェスはリジャール王を、よほど信頼《しんらい》されているものと見える」

「爺《じい》さん……いえカーウェス師は、リジャール王と共に冒険をした仲間ですから」

「オーファンとラムリアースが、協力を申し出てくれたのは僥倖《ぎょうこう》に思う。しかし、すべての国が同様の態度《たいど》を示《しめ》すかどうか……」

「最悪の場合、オランに攻《せ》め入ってくる国が現《あらわ》れるかもしれん。また大勢《おおぜい》の人々がアトンの復活を知ることになれば、暴動《ぼうどう》が起こる可能性もあろう。そうなれば、ファーラムの剣の探索どころではなくなる」

オラン王の言葉を引き継《つ》いで、バレンがいらだったように言った。

「そうかもしれませんが……」

リウイもムッとなり、声を荒《あ》らげる。

「最初の混乱が収《おさ》まれば、大勢の人が協力を申し出てくれるはずです」

「残念だが、人間というのは弱い生き物じゃ。世界滅亡《めつぼう》の恐怖《きょうふ》に耐《た》えられず、終末信仰《しゅうまつしんこう》に走る者も大勢、現れよう。最悪、世界を救おうとする人間のほうが、異端《いたん》となるかもしれん……」

マナ・ライが苦笑《くしょう》まじりに言った。

「終末信仰……ですか？」

「この世界を滅亡に導《みちび》き、次の世界に転生《てんせい》しようという信仰じゃ」

リウイの問いに、大賢者は答えた。

「世界は始源《しげん》の巨人《きょじん》の死に始まり、終末の巨人の誕生《たんじょう》に終わるとされておろう。終末信仰とはすなわち、終末の巨人とそれが遣《つか》わす眷属《けんぞく》に仕えることなのじゃ。そして、アトンも終末の巨人の眷属ではないかと、わしは推測しておる」

「カーン砂漠《さばく》のケシュ族のような連中のことか……」

マナ・ライの説明に、リウイは呻き声をもらす。

砂塵《さじん》の王国エレミアで、ケシュ族を相手に戦ってからまだ一月もたっていない。世界の破滅を望む人間が実際《じっさい》にいることを、リウイは身に染《し》みて思い知らされている。

「世界が破滅するという恐怖から逃《のが》れるには、破滅を肯定《こうてい》してしまうのが一番だと思わないかね？」

マナ・ライにそう問われては、リウイはうなずくしかなかった。

「しかし、秘密《ひみつ》というものは、それが大きければ大きいほど隠《かく》せるものではありません。最初は噂《うわさ》として広まり、それを信じる人が徐々《じょじょ》に増《ふ》えてゆく。そして最後には信じる人のほうが多くなり、噂は真実となります……」

リウイが言うと、隣《となり》でミレルがこくこくとうなずいた。盗賊《とうぞく》である彼女は、情報操作《じょうほうそうさ》にも長《た》けている。噂というものの恐《おそ》ろしさは熟知《じゅくち》しているのだ。

「確かに、リウイ王子の言うとおりであろう。しかし、それまではいたずらに噂を広めるつもりはない。できれば、民衆《みんしゅう》が何も知らないあいだに、事件《じけん》を解決したいと思っている」

オラン王カイアルタード七世は重々しく言った。

「分かりました。しばらくは限《かぎ》られた人数で探索《たんさく》するということですね」

リウイは覚悟《かくご》を決めた表情になる。

「しかし闇雲《やみくも》に捜《さが》しても、聖剣《せいけん》が見つかるとは思えません。せめて、手がかりくらいはないと……」

「手がかりならある。一筋《ひとすじ》の光明《こうみょう》でしかないがな」

バレンが言って、大きく息をする。

「ファーラムの剣を鍛《きた》えたのは、魔法王の鍛冶師《かじし》と称《しょう》された付与魔術師《エンチャンター》のヴァン。そのヴァンの屋敷《やしき》が、堕《お》ちた都市レックスの廃墟《はいきょ》のなかにあることが判明《はんめい》したのだ」

「それだけなの？」

ミレルが唖然《あぜん》として、ぽっかりと口を開く。

「手がかりを捜すための手がかりということか……」

ジーニが思わずといったようにため息をつく。

「だが、ヴァンの屋敷があるのは、手練《てだ》れの冒険者でも近づくことのない堕ちた都市の廃墟の最深部。舐《な》めてかかると、生きて帰ってはこれんぞ」

バレンが厳《きび》しい顔をした。

「心いたしますわ」

メリッサが神妙《しんみょう》に答えた。

「それでは、わたしたちはさっそく、その遺跡《いせき》へ向かわせてもらいます……」

　リウイはそう言って、席を立とうとした。

やるべきことが分かれば、無駄《むだ》に時間をつぶすことはない。あとは自分たちの流儀《りゅうぎ》で、行動するだけだ。

「まあ、そうあわてるな……」

　マナ・ライが苦笑をもらす。

「まだ、何か？」

　リウイは立ち上がったまま、大賢者の次の言葉を待つ。

「我《わ》がオランでも、聖剣探索のための人選をはじめておる。そして最初の探索隊がようやく結成《けっせい》されたのじゃ。ヴァンの屋敷の調査《ちょうさ》は、彼らと協力して進めてもらいたい……」

「なるほど、分かりました」

断《ことわ》る理由もないので、リウイは即答《そくとう》した。

同じ聖剣を探索する仲間なのだから、あるいは、これから何年にもわたって協力しあうことになる。

(仲良くしておいて損《そん》はないよな)

　リウイは心のなかでつぶやいた。

「では、紹介《しょうかい》しよう」

マナ・ライが言うと、それまでまったく無言だった近衛騎士《このえきし》隊長のイゴールが奥《おく》にある扉《とびら》へと移動《いどう》した。

「……入るがよい」

そして扉の外にいる誰かに向かって、近衛騎士隊長は声をかけた。

「かしこまりました」

返事があり、儀礼用の甲冑《かっちゅう》に身を包んだ騎士が扉を開けて、入ってくる。

「シヴィルリア・サイアスです……」

騎士はそう言って、一同に深々と一礼した。

そして顔を上げる。

「あ、あんたは？」

その顔を見て、リウイは愕然《がくぜん》となった。

オラン城下《じょうか》の大通りで、決闘《けっとう》寸前までいった女騎士だったからである。

「お、おまえは？」

女騎士のほうもリウイに気づき、信じられないという顔をする。

「なんだ、すでに知り合いじゃったか？」

マナ・ライが、それは好都合《こうつごう》と陽気《ようき》に笑う。

「知り合いと言いますか……」

女騎士はしどろもどろになる。

リウイもどう説明していいか分からず、口をぱくぱくさせただけ。

「ホント、あなたって騒動《そうどう》に愛されているのね」

アイラが呆《あき》れたような声で言って、リウイの脇腹《わきばら》を肘《ひじ》でつついた。

3

(こいつは、まいったぜ……)

リウイは空《から》になった酒杯《しゅはい》を見つめながら、心のなかでつぶやいた。

彼の前には大きな長方形の食卓《しょくたく》があり、十人の冒険者《ぼうけんしゃ》がそれぞれの側に五人ずつ並《なら》んでいる。テーブルには料理の皿が所狭《ところせま》しと並べられ、上物の葡萄酒《ワイン》や麦酒《エール》、蒸留酒《スピリッツ》まで用意されていた。だが、料理にはほとんど手がつけられていないし、酒も進んでいない。当然ながら会話もない。

気まずい雰囲気《ふんいき》だけが、部屋のなかを漂《ただよ》っている。

リウイの向かい側の席には、オラン王国が選抜《せんばつ》した聖剣探索隊《せいけんたんさくたい》の五人が並んでいる。隊長は女騎士のシヴィルリア・サイアス。

リウイは彼女らと協力して〝堕《お》ちた都市〟レックスの廃墟の最深部へと赴《おもむ》き、〝ファーラムの剣〟を鍛《きた》えたという魔法王の鍛冶師《かじし》ヴァンの館《やかた》を調査するという使命《しめい》を帯びているのだ。

しかしこんな雰囲気で、どう協力しあえるものか……

「え〜と、あ〜、なんだ。城下での一件は、お互《たが》い忘《わす》れてだな……」

リウイは愛想笑《あいそわら》いを浮《う》かべながら、女騎士のシヴィルに声をかけてみる。

しかし、シヴィルはきっとなって、リウイを睨《にら》みかえしてきた。

「わ、忘れろですと……」

シヴィルの声は水晶《すいしょう》を鳴らしたように高く澄《す》んでいて、歌唄《うたうた》いにでもしたいほどだ。だが、その口調は乱暴《らんぼう》そのもので、ひどい違和感《いわかん》がある。

茶色がかった金色の髪《かみ》を左右に一房《ひとふさ》ずつ残して短く刈《か》り、化粧《けしょう》もしておらず、鼻のあたりにはそばかすが薄《うす》く浮きでている。端整《たんせい》な顔立ちで肌《はだ》も白いが、女性《じょせい》らしい雰囲気はまるでない。

「あなたは自分がオーファンの王子だから、オランの騎士ごときに謝《あやま》るつもりなどなかったのでしょう？　それを同じ冒険者だからだと偽《いつわ》るなど……」

かえって屈辱《くつじょく》です、とシヴィルは言った。

「侮辱《ぶじょく》したつもりはない」

リウイはあわてて弁解《べんかい》した。

「オレは普段《ふだん》、自分の身分など気にしちゃいないんだ。だから、相手の身分も気にしない。それで、あんたに頭を下げなかった」

「口ではなんとでも言えますが……」

シヴィルはふんと鼻を鳴らした。

そんな彼女の態度《たいど》に、ミレルが顔色を変える。

「身分を鼻にかけてつっかかってきたのは、そっちのほうじゃねぇか！」

と、裏街言葉《スラング》でシヴィルに食ってかかる。

「わたしたちの前を横切って、謝らなかったからだ！　騎士であろうとなかろうと、咎《とが》めるに決まっている」

「わたしが、謝まったと思うのだけど……」

激昂《げっこう》するシヴィルに、アイラが眉《まゆ》をひそめながら言った。

「リウイ王子は、謝られなかった」

シヴィルは憮然《ぶぜん》としている。

「あんたたちの邪魔《じゃま》をしたなんて気がつかなかったんだ。それに、いきなりあんな文句《もんく》をつけられたら、謝る気などなくすだろ」

リウイは次第《しだい》にうんざりとしてきた。

なんとか、シヴィルの機嫌《きげん》をとって仲良くしようと思ったのだが、この女騎士は信じられないほど頑《かたく》なだった。

「オレたちの使命がどれほど重いかは、あんただって承知《しょうち》しているだろう。オレたちの諍《いさか》いなんて些細《ささい》なことだと思わないか?」

「使命ならわたしたちだけでも十分、果《は》たせます。あなたたちの協力など必要ありません」

シヴィルはきっぱりと言い、仲間たちのうち三人も相槌《あいづち》をうった。

普段着姿《すがた》の娘《むすめ》だけが困《こま》ったような表情《ひょうじょう》で、シヴィルを見つめている。彼女の名前はエメルという。街で会ったときには思いもしなかったが、彼女も聖剣探索隊の一員だったのだ。

だが、戦士にも魔術師《まじゅつし》にも盗賊《とうぞく》にも見えない。

「それじゃあ、勝手にするんだな。オレたちも勝手にやらせてもらうから」

リウイもさすがに我慢《がまん》の限界《げんかい》で、そう吐《は》き捨てた。

「そうはゆかないでしょ。オラン王から協力するように言われているんだから。もしも、彼女たちが全滅《ぜんめつ》するようなことがあったら、オラン王にはどう報告《ほうこく》するの?」

アイラが焦《あせ》ったようにリウイに言う。

その言葉を聞いて、

「わ、わたしたちが全滅するだと？」

シヴィルの顔がみるみる赤くなった。

「わたしたちのことを甘《あま》く見られるな！　そちらこそ命が惜《お》しかったら、田舎《いなか》へ帰られるがいい。堕ちた都市の廃墟は、地方からやってきた冒険者の墓場《はかば》のような場所ゆえ」

「田舎というのはオーファン、ラムリアースのことですか？」

シヴィルの言葉に、メリッサが顔色を変えて立ち上がる。

「我《わ》がラムリアースは、建国四百年を数える大陸最古の王国。オーファンもその前身であるファン王国は由緒《ゆいしょ》ある王国です。国土の広さや人口の多さで、王国の優劣《ゆうれつ》を決めつけないでくださいませ！」

メリッサはテーブルから身を乗り出し、女騎士に猛抗議《もうこうぎ》をした。

彼女はラムリアースの上級騎士の娘である。家も王国も捨《す》てたとはいえ、祖国《そこく》のことはやはり誇《ほこ》りに思っているのだ。

「剣でも魔法でも、我がオランが大陸で一番だ。財力《ざいりょく》でもエレミヤや西部諸国《しょこく》に劣《おと》っているとは思っていない！」

「諸国を巡って、その目でご覧《らん》になったわけでもありますまいに。そういうのを世間《せけん》知らずというのです！」

「この国のことを知らなければ、そのほうが世間知らずというものだ！」

メリッサとシヴィルのふたりは激《はげ》しい口論《こうろん》を戦わせた。

「いい加減《かげん》にしなさい！」

そのとき、エメルがいきなり立ち上がると、天井《てんじょう》に向かって片手《かたて》を突《つ》き上げた。

と、破裂音《はれつ》が響《ひび》き、衝撃《しょうげき》の余波《よは》がリウイたちにも襲《おそ》いかかる。

神聖《しんせい》魔法の〈気弾《フォース》〉の呪文《じゅもん》である。

（彼女は司祭《しさい》だったんだな……）

リウイは呆然《ぼうぜん》としながら思った。もっとも、聖印《シンボル》などは身に着けていないので、どの神に仕《つか》えているのかは分からない。

突然《とつぜん》のことに、リウイのみならずその場にいる全員の視線が彼女に釘付《くぎづ》けになる。

「つまらないことで口論したって、時間の無駄でしょ。お互い冒険者なのだから、こんな場所じゃなく、遺跡《いせき》のなかで決着をつければいいじゃない。どちらの実力が上か、はっきりとわかるでしょ。つまり、どちらが先に目的を果たすかでね……」

エメルはにっこりと笑うと、何事もなかったように椅子に腰《こし》を下ろした。

「……そういう勝負なら、こちらとしても望むところだが」

リウイは完全に毒気《どくけ》を抜《ぬ》かれてしまい、彼女の提案《ていあん》におとなしく同意《どうい》した。

冒険者としての実力なら、絶対《ぜったい》、負けない自信がある。ジーニたちと一緒《いっしょ》に、数多くの冒険をこなしてきたからだ。すべてに成功してきたとは言わない。だが、失敗した冒険を含《ふく》めて、すべての冒険で経験《けいけん》を積んできている。

「シヴィルは、どうする？」

「もちろん、受けて立つとも！　この国が、なにゆえ冒険者の国と呼ばれているか、オーファンの王子殿《どの》にお教えしよう」

「決まりね」

そう言うと、エメルは空になっていた酒杯《しゅはい》に自らの手で葡萄酒《ワイン》を注いだ。

第2章　堕《お》ちた都市

1

　古代王国時代に建設《けんせつ》された空中都市レックスの廃墟《はいきょ》〝堕ちた都市〟は、オランの同名の王都から北西に歩いて三日ほどの場所に横たわっている。

　そして、その遺跡《いせき》のすぐ近くにパダという村があった。もともとは貧《まず》しい農村《のうそん》に過《す》ぎなかったのだが、レックスの廃墟に訪れる冒険者《ぼうけんしゃ》の便宜《べんぎ》をはかるようになってから、急速《きゅうそく》に発展《はってん》した。

　村には冒険者相手の宿屋《やどや》や商店が建ち並び、小さな歓楽街《かんらくがい》まである。

　ここまでの旅は、リウイにとってそう愉快《ゆかい》なものではなかった。カイアルタード七世王とマナ・ライ師《し》がわざわざ見送ってくれたので、シヴィルらと一緒《いっしょ》にオランを出発しなければならなかったからである。

　街を離《はな》れて、すぐに別行動としたものの、行く先が一緒ということもあって、何度も顔を合わせることになった。

その度《たび》に、気まずい思いや不愉快な思いをしなければならない。

リウイは根に持つ性格ではないので、彼らともうまくやってゆこうと思ってはいるが、向こうは完全にこちらを敵視《てきし》している。ただひとり、いずれかの神に仕《つか》える女性神官《しんかん》エメルを除《のぞ》いて……

リウイは探索の基地《きち》にするための宿屋を決め、遅《おそ》い夕食を摂《と》ったあと、ぶらぶらしてくると言って外にでた。

心労《しんろう》がたまっているので、久《ひさ》しぶりにゆっくり酒でも飲もうと思ったのだ。

この村の歓楽街は、客のほとんどが冒険者だろうから、有益《ゆうえき》な情報が手に入るかもしれないという言い訳《わけ》もある。

アイラとミレルがついてゆくと主張《しゅちょう》したのだが、今日ばかりは強く断《ことわ》った。どちらかひとりとならまだしも、ふたり一緒というのはリウイにとって最悪《さいあく》なのである。

後宮《ハーレム》に憧《あこが》れる気持ちは欠片《かけら》もない。エレミア王家は、あんな面倒《めんどう》な場所でよくくつろげるものだと思う。

夜になれば、普通《ふつう》の村なら静まりかえるのが当たり前だが、百人を超《こ》える冒険者が常時《じょうじ》滞在《たいざい》しているというだけあって、その姿《すがた》がそこかしこに見られた。

そしてリウイは数軒《すうけん》の酒場《さかば》が並ぶ一角《いっかく》へと足を踏《ふ》み入れた。

建物のなかからは、騒《さわ》がしい物音が聞こえてくる。吟遊詩人《ミンストレル》のかなでる音楽、歌声、そして男たちの罵声《ばせい》と女たちの嬌声《きょうせい》。

（この雰囲気《ふんいき》、懐《なつ》かしいな）

冒険者になる前、リウイはオランの歓楽街にほとんど毎日、通《かよ》っていた。酒と女、喧嘩《けんか》に明け暮《く》れて、日々を過ごしていたものだ。

リウイはどこの店に入ろうかと、酒場の看板《かんばん》を見比《みくら》べてみる。冒険者の村だけに、冒険に関係した名前ばかりが並んでいた。

（どこも同じようなものだろ）

リウイは『黄金《おうごん》の鍵亭《かぎてい》』という名前の店を選び、入ろうとした。

だが、その瞬間《しゅんかん》——

扉《とびら》がいきなり物凄《ものすご》い勢《いきお》いで開いた。

「な、なんだ」

リウイは危《あや》うく扉に弾《はじ》き飛ばされそうになり、寸前《すんぜん》のところで飛《と》び退《の》く。

そして、

「不愉快だ！」

と、叫《さけ》び声が聞こえた。

歌唄《うたうた》いにしたいほどの高く澄《す》んだ声、すっかり馴染《なじ》みにはなったが、もっとも聞きたくなかった声。

(勘弁《かんべん》してくれ)

リウイは心のなかで叫んだ。

あわてて隠《かく》れようとしたが、間に合うはずもない。扉の向こうから姿を現《あらわ》したオラン王国の聖剣探索隊《せいけんたんさくたい》隊長シヴィルリア・サイアスとばったり鉢合《はちあ》わせしてしまった。

その後ろからゾロゾロと、探索隊の仲間たちが出てくる。

「や、やぁ……」

リウイは愛想笑《あいそわら》いを浮かべて挨拶《あいさつ》を送る。

「この店に入られるおつもりか？」

突き刺《さ》すような言葉と視線が、シヴィルから返ってきた。

「そのつもりだったが……」

リウイはうなずく。

「何か、まずいことでも？」

不愉快だと吐き捨てでてきたわけだから、問題があったのだろう。もしもそうなら、リウイとしても入る店を考えなおさねばならない。

「わたしにとっては……」

シヴィルはむっつりと答えた。

「しかし、あなたならきっと満足されることでしょう」

そう言い残して、オラン王国の女騎士《きし》は足早《あしばや》に立ち去《さ》ってゆく。彼女の仲間たちもリウイに無言《むごん》で会釈《えしゃく》を送り、その後に続いた。

だが、ひとりだけ、その場に残った者がいた。

エメルという名の娘《むすめ》である。

「どうしたんだ？」

リウイは彼女に訊《たず》ねる。

彼女はオランの街で最初に会ったときと同じ服装《ふくそう》だった。まるで、このパダの村の住人のような雰囲気である。

「あなたと、ちょっと話がしたかったの……」

エメルはそう言うと、リウイの腕《うで》をすっと取った。そして店のなかへと躊躇《ちゅうちょ》なく入ってゆく。店のいちばん奥のテーブルへと誘《さそ》うと、さっさと席に着く。

リウイは戸惑《とまど》いながらも彼女の隣《となり》に座《すわ》った。

「お連れの人たちは？」

「宿屋に残してきた。今夜は、ひとりで呑《の》みたい気分だったからな」

リウイは肩《かた》をすくめてみせる。

「あら、悪いことをしたわね」

エメルはそう言いながらも、屈託《くったく》のない笑い声をあげた。

「まあ、いいさ。あんたにはオレたちのことで苦労《くろう》をかけているからな」

リウイも心を決めて、彼女と一緒《いっしょ》に飲もうと決める。

（アイラとミレルにばれたら大変だけどな）

リウイは酒と料理をいくつか注文した。

そのとき、踊《おど》り子がひとりやってきて、リウイに片目をつぶってみせた。そして腰《こし》をくねらせるような踊りをはじめる。彼女はほとんど裸《はだか》で、胸《むね》と腰だけにわずかな布《ぬの》きれをつけていた。

リウイは彼女に銀貨《ぎんか》を十枚《まい》ばかり手渡《てわた》す。

踊り子は笑顔を浮かべてそれを受け取ると、リウイの頬《ほお》に唇《くちびる》をつけ、腕に大きな胸を押《お》しつけた。そして別のテーブルへと去ってゆく。

「シヴィルが店から出た理由は、もしかしてあれか？」

リウイは疲《つか》れたような表情で、エメルに訊ねた。

「そうよ。女の人にああいう格好《かっこう》をさせるとは何事《なにごと》だって」

「あれぐらい普通《ふつう》だろ。踊り子だって、生活があるんだし」

リウイはうなった。オーファンの歓楽街《かんらくがい》にも、いかがわしい店はたくさんあったし、そういうところで働く女性たちには、なぜか彼は人気があった。

「あの人にとっては、普通じゃないんでしょ。上級騎士《きし》の娘なんだし、世間《せけん》のことなんて、ほとんど何も知らないもの」

エメルは苦笑《くしょう》する。

「聖剣探索といっても、表向きは冒険者だわ。この村には、たくさんの冒険者が暮《く》らしているし、慣《な》れてもらおうと思ったのだけど……」

今のままじゃあ、ちょっと難《むずか》しいかな、とエメルはため息をついた。

「あんたも大変だな」

「まあね。他《ほか》の人たちも、一癖《ひとくせ》、二癖あるし……」

「まあ、それはオレやオレの仲間たちも同じだけどな」

リウイは肩をすくめてみせる。そういう人間でなければ、冒険者にはならないし、なれないともいえる。まっとうな人間は、冒険とは無縁《むえん》の一生を送るものだ。

「むしろ、あんたみたいな普通に見える娘が、聖剣探索隊《せいけんたんさくたい》にいるってほうが不思議《ふしぎ》だぜ。教団《きょうだん》にもどれば、最低でも侍祭《じさい》。場合によっては高司祭《こうしさい》なんじゃないのか？」

「教団ねぇ……」

リウイの言葉に、エメルはくすくすと笑う。

「そういうのには入ったことないから」

「珍《めずら》しいな。教団での地位と聖職者《せいしょくしゃ》としての実力は関係ないそうだが……」

それでも教団には、独自《どくじ》の修行法《しゅぎょう》が伝授《でんじゅ》されている。闇雲《やみくも》に修行しても、神との精神的《せいしん》な繋《つな》がりが強《つよ》くなるものではないのだ。

「しかたないわ。だって、わたしが仕《つか》えているのは暗黒神《ファラリス》なんだもの」

「なるほど、至高神《ファリス》か」

リウイはふうんとうなずく。

「聞き間違《まちが》えないで。ファリスじゃなくファ・ラ・リス」

エメルは心外だという顔で訂正《ていせい》した。

「な、なんだって！」

リウイは大声をあげて、思わず席から立ち上がった。

当然、酒場にいる冒険者や村人、そして店員たちの視線が集まる。

「騒《さわ》がないでよ。ファリスの信者がいたりしたら、大変なんだから……」

エメルがあわててリウイを席にもどし、人々に愛想《あいそ》笑いを返してその場を収《おさ》める。

「あんた、ファラリスの神官戦士だったのか……」

リウイは声を落として言った。

「そうよ。驚《おどろ》いた？」

「驚いたさ。大地母神《マーファ》か、幸運神《チャ・ザ》と思ってたんだが……」

人は見かけによらないな、とリウイはつくづく思った。

「でも、誤解《ごかい》しないでね。わたしは人を傷つけたことはないし、他の人を暗黒神の教えに誘《さそ》おうとも思わないから……」

「なんでまた暗黒神に……」

「神の声を聞いてしまったからよ。決まっているじゃない」

エメルはそう言って、視線《しせん》をリウイからはずす。

店員が、料理と酒を運んできたのだ。リウイは彼に労《ねぎら》いの言葉をかけ、代金を支払《しはら》い、駄賃《チップ》を上乗《うわの》せする。

そして、リウイとエメルの二人は酒杯《しゅはい》を重ね、料理に手をのばす。

「なんだ、この野菜は？」

木製《もくせい》の鉢《はち》に入っていた生野菜をフォークでとり、口に入れた瞬間《しゅんかん》、リウイは顔をしかめた。塩と香辛料《こうしんりょう》、それから酢《す》で味が調《ととの》えられていたが、そんなものでは追いつかないほどの苦《にが》みとえぐみが、口のなかにからみつく。

「うっ、確《たし》かにこれはひどいわね」

エメルも野菜を口に入れると、ほとんど噛《か》まずに飲み込んだ。

「なんていう野菜だ?」

リウイは葉を一枚取り出すと、テーブルの上に広げて、じっくりと観察《かんさつ》してみた。魔術《まじゅつ》師《し》ギルドでは動植物に関しての講義《こうぎ》も受けている。

「こいつ、ヘンルーダだ……」

「ヘンルーダ? 聞いたこともないわよ、そんな野菜。市場なんかでも売ってないし……」

「市場じゃ売られないな。普通は食材にしないから。こいつは石化《せきか》防止《ぼうし》の薬草《やくそう》なんだ」

「この村の名物料理なのかもね。冒険に行く前に、食べるんじゃない……」

「遺跡《いせき》に入るのは、明後日の予定だ。今夜、わざわざ食べる必要はないな」

リウイはそう言うと、木製の鉢を脇《わき》に押しやった。

「まったくね」

　エメルは笑顔でうなずく。

　その顔を見ているかぎり、とても暗黒神ファラリスに仕えてるようには見えない。

「あんたが暗黒神の神官だってことは、シヴィルたちは知っているのか？」

「もちろんよ。最初は驚いたけど、幸い、至高神の信者は誰もいなかったしね。わたしって、こう見えて、けっこう好かれるの」

「それについては、異論《いろん》はないぜ。ところで、いったい何がきっかけで、暗黒神の声が聞こえたんだ？」

「自由気ままに生きてきたからでしょうねぇ……」

　エメルは一瞬《いっしゅん》、遠い目をしてしみじみと言う。

「ぜんぜん、そうは見えないが……」

「細かなところは、いくらでも人に合わせられるもの。でも、わたしにとって大事なことは、絶対《ぜったい》に譲《ゆず》らないし、それでどんなに非難《ひなん》されようが気にしないわ」

「盗《ぬす》みたくなったら盗むし、殺したくなったら殺す、ってことじゃないのか？」

　リウイはあえて厳《きび》しい質問《しつもん》をぶつけてみる。

　これから、同じ目的のために行動するのである。エメルが危険《きけん》な人間だとしたら、それなりに備《そな》えておかないといけない。

「極端《きょくたん》に言えばそうだけど、これまで何かを盗みたいと思ったことはないし、殺したいほど憎《にく》い人間もいなかったわね。わたしが気ままに生きてきたというのは、たとえば男ね。気に入った男は、誰であれ誘惑《ゆうわく》したわ。相手に女がいようと、ちょっと子供《こども》かなという男でもね。当然、故郷《こきょう》の村にはいられなくなって、オランの街に逃《に》げてきたわけだけど、好きになった男を誘惑するのが、なぜ悪いことなのか、ぜんぜん理《り》解《かい》できなかった。そんなことを自問《じもん》してたら、ファラリスの声が聞こえてきたのよ。汝《なんじ》の欲望《よくぼう》に忠実《ちゅうじつ》であれ、ってね。ああ、わたしは間違《まちが》っていないんだって、すっごく納得《なっとく》したわ」

「なるほど、な……」

リウイは腕組《うでぐ》みをして、う～んとうなる。

「オレは非難するつもりもないが、世間的には確かに問題にされるだろうな。田舎《いなか》だと、尚更《なおさら》だし……」

「みんな、どうしてひとりの異性《いせい》に縛《しば》られるのかなぁ。ひとりの男をずっと好きでいられるわけがないし、ひとりの女を愛し続けることも無理《むり》だって思うけど」

酒杯を両手で持ちながら、エメルは深くため息をつく。

「愛は冷《さ》めるが、情は深くなるって言うぜ。一生、付き合える相手というのもいると思うけどな」

「へぇ～、意外に真面目《まじめ》なのね。お連れの女性、みんなに手をつけてると、シヴィルは思っているみたいだけど……」

エメルはそう言うと、じっとリウイの目を見つめる。

「とんだ誤解《ごかい》だぜ。彼女らとは、そういう関係じゃない」

シヴィルに軽蔑《けいべつ》されるのも当然だな、と思う。だが、他人がどう思おうと勝手《かって》なので、弁解《べんかい》するつもりはない。

「お連れのなかで、誰か好きな人はいるの？」

興味津々《きょうみしんしん》というように、エメルは訊ねた。

「みんな嫌いじゃないぜ。誰と一緒になっても、うまくゆくんじゃないかと思うときもある……」

リウイは冗談《じょうだん》めかして言った。

「ずるい答ね」

「そんな難問《なんもん》を投げかけてくるからだ」

リウイは肩《かた》をすくめてみせる。

「欲望のままに、よ」

エメルが笑顔で返す。そしてお酒を飲みほすと、ゆっくりと席を立った。

「あなたにその気があるなら、今夜、誘惑しようかと思ったけど、やめておくわ」

「そうしてくれ。とてもじゃないが、そんな気分じゃない……」

リウイはうなずく。

「その気になったら、いつでも声をかけて。もっとも、わたしがそのときどんな気分かは分からないけど……」

エメルはそう言うと、リウイの耳に顔を寄《よ》せてゆく。

「わたしの信仰のことは頭の片隅《かたすみ》に入れておいて。邪悪《じゃあく》かどうかは勝手に判断《はんだん》してくれていいけど、聖剣探索《せいけんたんさく》の邪魔《じゃま》はしないでほしいわね。わたしはあと十年なんかで死にたくないの。一生、自由奔放《ほんぽう》に生きてゆくつもり。そのために、聖剣探索隊に入ったのだから」

「ああ、約束しよう。目的が同じである以上、あんたは仲間だ。オレも昔はけっこう好き勝手に生きていたからな。暗黒神の声を聞いていたっておかしくない」

もっとも、自分がオーファンの王子であると知らされてからは、さすがに気ままに生きるというわけにはゆかなくなった。

「感謝《かんしゃ》するわ、リウイ王子」

エメルはリウイの頬に口づけしてから、店を後にした。

それを見届《みとど》けてから、

「……まったく、人は見かけによらないもんだぜ」

と、リウイはつぶやく。

唯一《ゆいいつ》まともに見えた娘が、まさか暗黒神の神官だとは思いもしなかった。しかし生きていてこその欲望、世界があってこその欲望だというのは間違いない。

それにしても、オランは思い切った人選《じんせん》をしたものだ。

(まあ、明後日になれば、シヴィルたちの実力も分かるというものさ)

リウイは不敵《ふてき》な笑みをもらす。

たとえ、彼女らが役立たずでも、自分たちだけで目的を達成《たっせい》する自信はある。足手まといにならなければ、十分なのだ……

2

パダの村に着いて最初の夜が明けた。

リウイが宿屋にもどってきたのは、ほとんど夜明け近かった。しかし、皆《みな》とほとんど変わらぬ時間に目を覚《さ》まし、活動《かつどう》を開始する。

「もうすこし、休んでいたらいいのに……」

アイラが心配そうに声をかけたが、リウイは笑顔を見せて首を横に振った。

「ティカが近くに来ているはずだからな。それにクリシュの餌《えさ》を届《とど》けないと……」

リウイは言って、気合いを入れるように両頬をぴしゃりと叩《たた》く。

「情報集《じょうほう》めは、あたしにまかせて」

ミレルが勢《いきお》いこんで言う。

「残念だけど、まかせない」

アイラがミレルに笑いかける。

ミレルは盗賊《とうぞく》であり、アイラは商人《しょうにん》の娘《むすめ》だ。その流儀《りゅうぎ》は違うものの、情報 収集《しゅうしゅう》は二人とも得意《とくい》としている。

「冒険に必要そうな物も買いそろえておくわね」

「ああ、頼《たの》んだぜ」

リウイは二人に笑いかけると、片手で挨拶《あいさつ》を残し、部屋を後にした。

竜司祭《ドラゴンプリースト》の娘ティカが、この村の近くに来ており、連絡《れんらく》を取らないといけないのだ。火竜《ファイアドラゴン》の幼竜《ドラゴンパピー》を連れているので、どうしても彼女は別行動になってしまう。リウイは申《もう》し訳《わけ》なく思っているが、彼女はむしろ喜《よろこ》んでいるようだ。竜と一緒《いっしょ》にいることが、修《しゅ》行《ぎょう》となるかららしい。

リウイを追いかけるようにミレルとアイラも続く。

「どうやら、わたしたちの出る幕《まく》はなさそうだな」

三人を見送ってから、ジーニがメリッサに話しかける。

「そのようですわね」

メリッサが苦笑まじりにうなずく。

「わたしは明日に備《そな》えて、身体《からだ》を動かしておくよ」

「では、わたくしも今日は静かな場所で、精神《せいしん》を研《と》ぎ澄《す》ませることにします」

二人はうなずきあうと、部屋を後にした。

そして宿屋を出たところで二手に分かれる。ジーニは村の近くを流れる川に向かい、メリッサは正反対の小高い丘に向かったのだ。

ジーニが目指す川縁《かわべり》に着くと、すでに先客がひとりいて、剣の型の訓練《くんれん》をしていた。

「あれは……」

ジーニは右頬《みぎほお》に描《えが》いている呪払《のろいばら》いの紋様《もんよう》を指でなぞる。

剣術《けんじゅつ》の鍛錬《たんれん》をしていたのが、オラン聖剣探索隊の隊長シヴィルだったからだ。

場所を変えようかとも一瞬《いっしゅん》、思ったが、それも癪《しゃく》に障《さわ》るので、すこし離《はな》れた場所で愛用の大剣を振《ふ》るいはじめる。

これまでに立った幾多《いくた》の戦場を心に描き、戦った相手を思い浮かべる。ジーニはオランの騎士であるシヴィルのような正規《せいき》の剣術は習っていない。敵《てき》の血と彼女自身の血で鍛《きた》えられた剣なのだ。

ジーニは大剣を振るい、突《つ》き、そして払う。強い日差しに照《て》らされ、ジーニの全身からは見る見る汗《あせ》が噴《ふ》きだしていった。

汗が流れてゆくほどに、身体が軽くなってゆく気がする。

(わたしは強くなった……)

ジーニはそう実感《じっかん》している。

意外なことに、リウイに剣を教えることで、上達《じょうたつ》した気がする。

彼の粗雑《そざつ》だが、重く強い剣を受けているだけで、彼女の肉体も強靭《きょうじん》になり、また力に対《たい》抗《こう》するための技《わざ》も身に付いていった。それまでは、むしろ彼女のほうが力任《ちからまか》せの戦い方をしていたのである。

(あの男を鍛えるつもりで、わたしのほうが鍛えられていたとはな)

ジーニは思わず苦笑を洩《も》らす。

そして彼女は最初にリウイと出会ったときのことを心に再現《さいげん》する。

彼女に向かって伸《の》びてくる彼の右の拳《こぶし》、しかし十分に避《よ》けられると、そのときには思ったのだ。

しかし、避けられなかった。

最後の瞬間に、まるで腕が伸びたかのように、ジーニは顔に強烈《きょうれつ》な一撃《いちげき》を喰《く》らった。その一発だけで、ジーニは不覚《ふかく》にも昏倒《こんとう》してしまったのである。すぐに意識《いしき》は取り戻《もど》したものの、もしも戦場なら確実《かくじつ》にとどめをさされていただろう。

（あの拳だけは、不思議と避けられない気がするな）

ジーニは微笑《びしょう》を洩らし、ゆっくりと大剣を下げた。

「お見事《みごと》です」

と、高い女性の声が響き、拍手《はくしゅ》が続いた。

シヴィルである。

剣を振るっているあいだに、彼女の存在をすっかり忘れてしまっていたので、ジーニは当惑《とうわく》した。しかも、賞賛《しょうさん》されるとは思いもしなかった。

一瞬、皮肉《ひにく》られたのかとも思ったが、シヴィルの表情はそんな感じには見えない。

「ありがとう……」

ジーニはどう答えていいか分からず、とりあえず礼だけを言った。

「鍛え抜かれた肉体、本物の敵と戦っているような気迫《きはく》……」

シヴィルはうっとりとしたように言う。

そしてふらふらと覚束《おぼつか》ない足取りで、ジーニの側《そば》までやってきた。熱病《ねつびょう》にでもうなされているかのように、顔が上気している。

「あなたこそ、まさに本物の戦士です」

シヴィルは言うと、臣下《しんか》の礼を取るようにその場でひざまずいた。

「よしてくれ。あなたの剣も見せていただいたが、美しい動きだった。それこそ、騎士の模範《もはん》のような……」

ジーニはあわてて答えた。

「わたしの剣は模範ではなく、ただの模倣《もほう》です。父の剣を真似《まね》しているだけにすぎません」

シヴィルは憮然《ぶぜん》とした顔になり、うなだれるように顔を伏《ふ》せた。両手の拳が握《にぎ》りしめられ、わずかに震《ふる》えている。

「騎士の剣は、型から入ると聞いている。それを数千、数万回繰《く》り返すことで上達するものだと。ならば、模倣こそが正しい修行なのではないか？」

ジーニはシヴィルに問いかけた。

「そうかもしれません……」

シヴィルはわずかに首を縦《たて》に振った。

「でも、わたしは、わたしだけの剣を見つけたいのです」

シヴィルはそうつぶやくと、失礼すると言って、ジーニに深々と頭を下げた。

「ジーニ殿《どの》には申し訳《わけ》ありませんが、明日からは競合《きょうごう》する者どうし。決して、負けはしませんので」

シヴィルはいつもの強気《つよき》の顔にもどると、甲冑《かっちゅう》を鳴らしながら去っていった。

「わたしだけの剣……か」

ジーニは女騎士の背《せ》を見送りながら、苦笑を洩《も》らしていた。

「そんなもの、探したこともないな」

ジーニにとって、剣は生きるための手段でしかなかった。故郷の村では、猛獣《もうじゅう》を狩《か》るための道具であり、傭兵《ようへい》だったころは人を殺すための手段だった。そして冒険者に転じてからは、怪物《モンスター》を排除《はいじょ》するための必需品《ひつじゅひん》となった。

「探さねばならないときが来るのだろうか？」

ジーニは自分に問いかけてみたが、そういう気はしなかった。

ただ、それが見つかるとしたら、リウイという男を鍛えつづけた先だという予感《よかん》だけは抱《いだ》くことができた。

ジーニは口許《くちもと》に笑《え》みを浮《う》かべると、水浴《みずあ》びをするために衣服《いふく》を脱《ぬ》ぎはじめた。そして川に入り、一度、頭まで浸《ひた》る。

(そういう剣があってもいい……)

水のなかに浸りながら、ジーニは心のなかでつぶやいた。

同じ頃《ころ》、パダの村近くの丘に登《のぼ》ったメリッサも、ひとりの先客の姿を見つけていた。オランの聖剣探索隊《せいけんたんさくたい》の一人、天才魔術師《まじゅつし》少年のアストラである。

(せっかくひとりで静かに瞑想《めいそう》しようと思っていましたのに……)

メリッサはため息をつく。

アストラは草の上に腰《こし》を下ろし、古代書に熱中《ねっちゅう》している。まるで絵本を与《あた》えられた幼児《ようじ》のような表情だった。

髭《ひげ》も生えていない顔は透《す》きとおるように白く、美しい金髪を短く刈っている。さながら、神殿《しんでん》で奉仕《ほうし》活動《かつどう》をする聖童《せいどう》のような雰囲気だった。

メリッサはくすりと笑い、警戒心《けいかいしん》を解《と》いた。

天才とはいえ、まだ子供《こども》も同然《どうぜん》である。ミレルよりも、二つ三つは若《わか》いのだ。

「朝から魔術の御《お》勉強ですか?」

メリッサは少年の背後《はいご》から近づき、書物を覗《のぞ》きこんだ。

「えっ、あっ……」

少年はあからさまに狼狽《ろうばい》し、あわてて本を閉《と》じる。

「隠《かく》すことはないでしょう。わたくしも下位古代語《ロー・エンシェント》ならば読めますのよ」

メリッサは少年に微笑《ほほえ》みかけた。

「あなたは貴族《きぞく》の御出身《ごしゅっしん》なのですか？　確《たし》か、ラムリアースの生まれでしたよね」

少年はようやく落ち着きを取りもどし、冷ややかに言った。

それこそが、メリッサが知っているこの少年の普段《ふだん》の態度《たいど》だった。だが、熱心に本を読んでいたさっきの顔を思いだすと、不思議と嫌悪《けんお》感《かん》は覚えない。

(背伸《せの》びをしているのですね)

メリッサはくすりと笑う。

「わたしの父は伯爵《はくしゃく》です。もっとも、わたしは家とは縁《えん》を切っておりますが……」

メリッサはそう答えると、アストラの隣《となり》に静かに腰を下ろした。

そして同じ質問《しつもん》を返す。

「わ、わたしは、商人の生まれです」

少年は戸惑《とまど》うような表情を一瞬、見せたあと答えた。

「ただ、母方の祖父《そふ》は魔術師で、母も魔術師ギルドで修行をしました。魔力を発動《はつどう》させることができず断念《だんねん》したのですが……」

「わたしたちラムリアースの貴族の子弟《してい》もかならず魔術の修行をさせられます。あなたのお母様と同様《どうよう》、わたしも魔力を発動できず、賢者《けんじゃ》の学院《がくいん》には進めませんでしたが……」

メリッサが子供時代のことを思い出しながら言った。

魔術の勉強は嫌《きら》いではなかったが、どちらかと言えば武術《ぶじゅつ》の稽古《けいこ》のほうが性《しょう》に合っていたという気がする。

「魔法の王国ラムリアース、一度は訪《おとず》れてみたいと思っています」

アストラが言って、目をきらきらさせる。

「ラムリアースの賢者の学院は、異国《いこく》からの留学《りゅうがく》を認《みと》めていませんからね……」

メリッサは思わずため息をついた。

魔法文化の国外流出を防《ふせ》ぐためである。だが、オランにマナ・ライという天才魔術師が出現し、魔術師ギルドを創設《そうせつ》した。そして彼の弟子たちが大陸各地に魔術師ギルドを次々と開設《かいせつ》し、魔法文化は大陸中に広まった。

伝統《でんとう》に縛《しば》られ、賢者の学院からはここ百年のあいだに、本物の天才は生まれていない。マナ・ライに続く大魔術師は、おそらくオーファンの宮廷《きゅうてい》魔術師ラヴェルナだろうし、あるいはこの少年なのかもしれない。

しかし四百年を超《こ》える伝統は無意味《むいみ》なものではない。所蔵《しょぞう》されている古代書の数でも、古代語魔法の指導《しどう》方法でも、ラムリアースの賢者の学院は魔術師《まじゅつし》ギルドの追随《ついずい》を許《ゆる》さないものがある。

お互《たが》いがもっと交流すれば、魔法文化はさらに発展《はってん》するだろう。

(もっとも、それが良いことなのかどうかは疑問《ぎもん》ですけど……)

メリッサはため息をつく。

古代語魔法はあまりにも強力で、使い方を誤《あやま》ると大きな災厄《さいやく》を招《まね》く。世界を滅亡《めつぼう》に導《みちび》くという魔精霊《ませいれい》アトンも、古代王国の時代に魔術の暴走《ぼうそう》によって誕生《たんじょう》したものなのだ。

「わたしの魔術の導師《どうし》は、バレン師なのです。そして母はそのことをとても喜《よろこ》んでくれています……」

メリッサがアストラをじっと見つめていると、少年はぷいと顔を背《そむ》けてから、そうつぶやいた。

「そうだったのですか……」

メリッサの表情が翳《かげ》る。

おそらく、この少年は母親を愛し、バレン導師のことも深く尊敬《そんけい》しているのだ。そして魔術の勉強も大好きなのだろう。

だが、魔術師は普通《ふつう》の人々からは敬遠《けいえん》される存在《そんざい》だ。そして彼の導師の立場は極《きわ》めて微《び》妙《みょう》である。アトン解放《かいほう》の噂《うわさ》が世に広まれば、その張本人《ちょうほんにん》であるバレンは、人々の憎悪《ぞうお》を集めることになる。おそらくは、怒《いか》りに燃《も》えた群衆《ぐんしゅう》によって血祭《ちまつ》りにあげられるだろう。

最悪、古代王国が滅亡したときのように、魔術師狩《が》りが大陸中で行われるかもしれない。

「わたしは戦士ではありませんから、アトンを倒《たお》すことはできません。ですが、ファーラムの剣はこの手で捜《さが》しだしてみせますよ。それが天才としての、わたしの責任というものですから……」

アストラはむっつりと言うと、分厚《ぶあつ》い書物を大切そうに胸に抱《かか》え、丘を下っていった。

「お邪魔《じゃま》をして申し訳《わけ》ありませんでした」

メリッサは笑顔で、少年を見送る。

(背伸びをしているだけで、良い子なのだわ)

手を胸のところで組み、メリッサは草の上に両膝《りょうひざ》を着く。

「人生は戦い……」

戦神マイリーの教義《きょうぎ》を、メリッサは口にする。

少年魔術師の勇気は本物だと感じられた。彼にもまた勇者としての資質《ししつ》があるということだ。

「偉大《いだい》なる戦神マイリーの加護《かご》があらんことを……」

メリッサは瞑目《めいもく》し、少年の使命《しめい》が達《たっ》せられるよう祈りの言葉を捧《ささ》げた。


パダの村には、冒険者相手の店がいくつもある。

だが、小さな村のこと、店はたてこんでおり、さながら市場のような雰囲気を漂《ただよ》わせていた。

ミレルとアイラの二人は冒険に必要な品物を買いそろえるためやってきていた。

そして、同じ目的で足を運んでいた聖剣探索隊の戦士ダニロと密偵《みってい》スマックの二人とばったり鉢合《はちあ》わせしてしまったのである。

「おはようございます……」

アイラは胸の鼓動《こどう》が早くなるのを感じながら挨拶を送る。

よりにもよって、彼女がもっとも苦手とする二人だった。殺気《さっき》のようなものを感じるからである。

「ああ、おはようございます」

スマックは笑顔で振り返った。

敵意《てきい》も殺意も微塵《みじん》も感じられない、友好的《ゆうこう》な雰囲気である。

アイラは緊張《きんちょう》を解《と》き、安堵《あんど》のため息を洩《も》らした。

隣では、ミレルも拍子抜《ひょうしぬ》けしたような表情になっている。

「買い物ですか？」

まるでご近所さんの世間話のようだと思いながらも、アイラは訊《たず》ねてみた。

リウイとシヴィルのあいだには険悪《けんあく》な空気が流れているが、使命の重大《じゅうだい》さを考えれば、両者は協力するべきなのである。

「ええ、好きなのですよ。わたしはサイアス家の執事《しつじ》でもありますから」

スマックは答えると、店に並んだ品物に視線を戻し、慎重《しんちょう》に吟味《ぎんみ》してゆく。

「元盗賊《とうぞく》……それもあなた〝蛇《へび》〟だよね？」

ミレルが声を落として訊《たず》ねる。

〝蛇〟というのは、暗殺者《アサッシン》の符丁《ふちょう》である。もっとも、正統派《せいとうは》の盗賊ギルドは暗殺《あんさつ》を商売とはしない。暗殺術はあくまでギルドを守るために用いられる。たとえば、ギルドの掟《おきて》を破《やぶ》った盗賊を粛清《しゅくせい》したり、外敵《がいてき》と戦ったりするときに。

「それが、どうして貴族の執事に？」

「いろいろとあったのですよ。あなたも同じでしょう？」

「うん、同じだよ。蛇として鍛えられていたところも、いろいろとあってリウイ……王子の密偵になっているところも……」

スマックに訊ねかえされ、ミレルは明るく答えた。

「その若《わか》さで、その身のこなし。オーファンの盗賊ギルドも、惜《お》しい人材を王国に取り上げられたものですな」

スマックは小声ながら、楽しそうに言う。

「ありがと」

ミレルは素直《すなお》に礼を言う。

「ところで、お嬢様《じょうさま》の護衛《ごえい》はいいの？」

「シヴィルリア様は、護衛が必要な御方《おかた》ではありませんよ。試《ため》してご覧《らん》になれば、お分かりと思いますが」

「試すって……」

スマックの答にミレルはがっくりとなり、最後の気力まで尽《つ》きた気がした。

「シヴィルリア様の強さは本物だよ。悪いが、オーファンの王子殿《どの》では足もとにも及《およ》ばないだろうな……」

それまで無言《むごん》だったダニロが、ぼそりと言った。

彼は青銅製《せいどうせい》の胴鎧《どうよろい》を身に着け、長槍《ロングスピア》を手にしている。オラン王国制式《せいしき》の兵士の武装《ぶそう》だ。

「リウイの──王子の剣術は確かにまだまだだけどね」

ミレルはうなずく。

「魔術もまだまだですけどね」

アイラが苦笑まじりに続けた。

「でも、王子は弱くないよ」

ミレルはきっぱりと言った。

「剣術もまだまだで、魔術もまだまだというのに？　リウイ殿の強さというのは、王宮にいてこそではないのかな？」

ダニロが皮肉っぽく笑う。

「それとも寝台《ベッド》での強さかな？」

「ご婦人《ふじん》相手に下品だぞ！」

スマックがダニロを窘《たしな》める。

「王子は妾腹《しょうふく》だから、宮廷《きゅうてい》での権力《けんりょく》はほとんどないかな……」

ミレルが真顔《まがお》で答える。

「寝台での強さは相当らしいけど、あたしは相手にしてもらってないから」

答えようがないよ、とミレルはダニロに笑いかけた。

「そ、そうなのか……」

皮肉を言ったつもりが、思いもかけない切り返しを受けて、ダニロははっきりとたじろいだ。

「わたしも残念ながら、ね。でも、あの体格《たいかく》だし、若い頃《ころ》からオーファンの歓楽街《かんらくがい》で遊びまわっている人だから、弱いってことはないでしょうねぇ」

「おまえたちは、その……リウイ王子の妾妃《しょうひ》なのではないのか？」

ダニロは困《こま》ったような表情で訊ねてきた。

「だったら、あたしは嬉しいんだけど……」

ミレルが深くため息をついた。

「わたしは妾妃なんかじゃ嫌《いや》よ。妃《きさき》なんて呼ばれたくもないけど、正妻《せいさい》でないと我慢《がまん》できないわ」

アイラがあわてて言う。

「つまり、二人ともリウイ王子のことを……」

「うん、大好きだよ」

ミレルが勢《いきお》いよくうなずく。

「わたしは、王子の婚約者《こんやくしゃ》ですから。指輪《ゆびわ》も頂《いただ》いていますし……」

アイラが左の薬指にはめた指輪を見せた。

（わたくしも心の底から、リウイ様のことを愛しております）

指輪に閉《と》じこめられている洋燈《ランプ》の精霊シャザーラの声が、アイラの心に響《ひび》く。三つめの誓《ちか》いを未《いま》だ守りつづけているからだ。

（分かっているわ）

アイラが心のなかで答えた。

「身分が高ければ、女の心など思いのまま、ということか……」

ダニロが冷ややかに言う。

「誤解《ごかい》するのは自由だけど、好きになったときには、あいつが王子だとは知らなかったのよ。そのときにはお互《たが》い、ただの冒険者《ぼうけんしゃ》だったから……」

「わたしも王子とは幼《おさな》なじみですし、魔術師ギルドの同僚《どうりょう》でもありましたし……」

ミレルとアイラがそれぞれダニロに答える。

「リウイ王子には、それだけの魅力《みりょく》があるということですな。羨《うらや》ましいかぎりです」

スマックがにこやかに答えた。

「お嬢様にも、そういう男性が現《あらわ》れてくれたら……」

そう続けて、サイアス家の執事《しつじ》にして密偵《みってい》は、大きなため息をついた。

「オレにはどうせ魅力などないから、だからこそ身分が必要なんだ」

ダニロはそう吐《は》き捨てるように言うと、他の店を見てくるとスマックに断《ことわ》って、その場を後にした。

「勝ったわ」

「勝ったね」

アイラとミレルが顔を見合わせてうなずきあった。

「あまり虐《いじ》めないでやってください」

スマックが苦笑する。

「あの男は、本気で騎士になりたいのです。それだけの実力もある。しかし、農夫《のうふ》の家に生まれたがため、彼は兵士にしかなれなかった……」

「女にもてたいから？　あたしにはそう聞こえたけど……」

ミレルが首をかしげる。

「あの男には、憧《あこが》れの女性がいるそうです。故郷の村の領主《りょうしゅ》の一人娘《むすめ》なのですが……」

「オランの街で最初に会ったとき、耳に入ったのですが、目の前を横切った子供《こども》を叩《たた》き斬《き》ったとかいう領主のことですか？」

アイラが訊ねる。

「そのとおりです。あまり評判《ひょうばん》のよくない人物で、このままだと騎士資格《しかく》を剝奪《はくだつ》されるかもしれません……」

「娘を助けるため騎士になりたい……とか？　でも、それって変だよね。領主の娘婿《むすめむこ》になったら、騎士の身分を世襲《せしゅう》できるはずだもの……」

ミレルが困惑《こんわく》の表情をさらに深める。

「実は娘のほうは、父親以上に評判が悪くて……。領民には、ひどく憎《にく》まれています」

「どうして、そんな娘に憧れるのかな？」

アイラがため息をついた。頭が痛《いた》くなってきそうな話だった。

「男と女のことですから……」

スマックが答えて、首を横に振る。

「もしも騎士になれば、話し相手になってやると領主の娘に言われているそうです」

「は、話し相手？」

ミレルが啞然《あぜん》として、目をいっぱいに開く。

「ある意味、純愛《じゅんあい》だけど……」

アイラも呆《あき》れかえっていた。

「絶対《ぜったい》に実りそうにありませんね」

「当人もそう思っているようです。しかし、ダニロが下した結論《けつろん》は、騎士になることでした。そのために、彼は血の滲《にじ》むような努力をしたのでしょう。幸い才能《さいのう》にも恵《めぐ》まれ、そして今、機会《きかい》にも恵まれていますから……」

「ファーラムの剣《けん》の探索《たんさく》に成功したら、騎士に叙勲《じょくん》されるとか？」

ミレルが訊ねる。

「そのとおり。近衛騎士《このえきし》隊長のイゴール卿《きょう》は、どうやら彼を近衛騎士に取り立てるつもりのようです」

家柄《いえがら》が重視《じゅうし》される騎士社会にあって、近衛騎士だけは実力の世界だからだ。家柄より、剣の腕《うで》と忠誠心《ちゅうせいしん》とが求められる。新参《しんざん》や身分の低い騎士にとって、近衛騎士隊長は唯一《ゆいいつ》、実現可能《かのう》な要職《ようしょく》なのだ。

「身分に憧れる女性が多いというのも間違いないから、騎士になればきっと素敵《すてき》な人が現れると思いますけど」

アイラが遠慮《えんりょ》がちに言った。

「わたしもそう願いますが……」

スマックは苦笑まじりにうなずいた。

「ただし、それを望むかどうかは本人次第《しだい》ですからな」

「まったくですね」

「まったくよね」

　アイラとミレルが声をそろえた。

「どうやら、おしゃべりがすぎましたな。執事などをやっておりますと、ご婦人方《ふじん》と噂話《うわさ》をする癖《くせ》がついてしまいますようで……」

　スマックは穏《おだ》やかな笑顔で言うと、深々とお辞儀《じぎ》をした。そして他の店へと移《うつ》ってゆく。

「あのスマックっていう人も謎《なぞ》だわね」

　アイラがため息まじりにつぶやく。

「貴族の執事って、そういうものかもしれないけど……」

「歴史の古い王国は、貴族どうしの権力闘争《けんりょくとうそう》が激《はげ》しいって聞くから、彼みたいな人も必要とされるんだと思う。あの女騎士と一緒《いっしょ》に行動していないのは、ここのほうが安全だからよ。オランの街にいるときのほうが、気が休まらないのかもしれない……」

　ミレルがぽつりと言った。

「暗殺って、日常生活《にちじょう》の合間のほっと息が抜けるときを狙《ねら》うものだから……」

「あなたが言うと、真実味《しんじつみ》があるわね」

アイラが顔をしかめながら言う。

「そうか、その手もあるんだ……」

ミレルが遠くを見つめながらつぶやくと、ふふふと不気味《ぶきみ》に笑う。

それを聞いて、

「ねぇ、ミレル……」

と、アイラは魔法《まほう》の眼鏡《めがね》に手をかけながら言った。

「わたしの目を見ながら、それ言えるかしら？」

「お、お買い物しないとね」

ミレルが思い出したというようにぽんと手を打って、店のなかへと入ってゆく。

「食料はわたしが選ぶから、道具類はミレルが見てね」

アイラが笑顔で黒髪《くろかみ》の少女に声をかけた。

3

遠くから見ると、それはなだらかな丘に見えた。

だが、近づくと、瓦礫《がれき》の山だということが分かる。

古代王国時代に建設された空中都市レックスの遺跡《いせき》だ。〝堕《お》ちた都市〟との別名もある。

オラン王と謁見《えっけん》してから、すでに五日が過《す》ぎていた。

探索にどれだけの日数がかかるかは予想もつかない。いちおう遺跡のなかで野営《やえい》する準《じゅん》備《び》はしているが、それも三日までと決めている。それで目的の場所が見つからないときには、いったんパダの街までもどって、出直すつもりだった。

しかし、それはあくまでリウイの意見で、シヴィルは同意《どうい》していない。

彼女らは使命を達成《たっせい》するまで、遺跡の外には出ない覚悟《かくご》なのだ。

この遺跡が噂どおりの場所なら、あまりに危険《きけん》である。リウイとしては反対したいところなのだが、また口論《こうろん》になりそうなので、何も言っていない。

三日以内に見つかれば、何も問題はないのだ。もしも見つからなかったら、そのときに考えればいい。

パダの村をこの日の早朝に発《た》ち、瓦礫の斜面《しゃめん》に設《もう》けられた階段《かいだん》を登《のぼ》って遺跡へと入った。

この階段を造《つく》ったのも、パダの村の住人たちだそうだ。

お得意様《とくいさま》である冒険者の苦労をすこしでも減《へ》らそうという心遣《こころづか》いなのだろう。

(まるで観光地《かんこうち》みたいだぜ)

と、リウイは場違《ばちが》いな感想を抱《いだ》いた。

空中都市レックスの遺跡は、まさに廃墟《はいきょ》というに相応《ふさわ》しかった。まるで大地震《じしん》が起こった後のように、大半の建物が倒壊《とうかい》し、石畳《いしだたみ》の通りにも大小の地割《じわ》れが走っている。壊《こわ》れずに済《す》んだ建物もあるが、街の住人は落下《らっか》の衝撃《しょうげき》と、その後の小部族の侵入《しんにゅう》により、すべてが息絶《いきた》えた。

そして五百年を超《こ》える時が流れ、現在、この遺跡の住人は魔物《まもの》のみとなっている。

「……大陸中の冒険者が一度は挑戦《ちょうせん》してみたいと思っている遺跡だよな」

リウイが全半壊した建物を眺《なが》めながら、感想をもらす。

「あたしたちも、いつかは来ようって話しあっていたよ」

ミレルが忙《いそが》しそうに辺りを見回しながら言う。

「なにしろ、この遺跡ときたら、古代王国の遺跡が無尽蔵《むじんぞう》に埋《う》まっているし、おまけに魔物もいっぱいいだしね」

「なるほどな」

リウイはうなずいた。

この遺跡は冒険者としての実力を試《ため》すにはもってこいの場所だし、しかも莫大《ばくだい》な報酬《ほうしゅう》も期待できる。

一流の冒険者を目指していたミレルたちにとっては、避《さ》けて通れない場所だったろう。

「さて、はじめるとするか……」

リウイは一枚《まい》の地図を取りだすと、周囲の建物と比《くら》べてみる。

その地図は古代王国時代に作製《さくせい》されたレックスの街の地図なのだ。

そしてこの地図には、〝魔法王の鍛冶師《かじし》〟と呼《よ》ばれた付与魔術師《エンチャンター》ヴァンの屋敷《やしき》の場所が記されている。

もっとも、地図が正確かどうかは分からないし、落下の衝撃で街の様相《ようそう》もかなり変わっているに違いない。

しかし、この一枚の地図がファーラムの剣を捜《さが》すための唯一《ゆいいつ》の手がかりなのである。

リウイたちが持っているのは、その写《うつ》しだ。シヴィルたちも、もう一枚、写しを持っている。

「ここが、どこか分かるか？」

リウイは地図と周囲の建物を、何度も見返したあと、お手上げだと言わんばかりに肩《かた》をすくめ、ミレルに訊ねた。

ミレルもリウイと同じように、地図と建物を見比べる。しかし、すぐに首を横に振る。

「遺跡の周辺部分は、破壊《はかい》がひどいしね。もっと奥に行かないと、場所の特定《とくてい》は難しいよ」

ミレルは申し訳なさそうに言った。

「だろうな……」

リウイは苦笑まじりにうなずいたあと、どちらに行こうか、とジーニを振り返った。

「歩きやすい道を通って、とにかく中心部に向かえばいいだろう」

「そうだな」

リウイはうなずいた。

「そんないい加減《かげん》な！」

リウイたちの会話を不機嫌《ふきげん》そうに聞いていたシヴィルが顔色を変える。

「道順《みちじゅん》が分からないんだから、しかたないだろう」

リウイはうんざりとした表情で、オランの女騎士を振り返った。

「あんたたちが、ヴァンの屋敷まで案内してくれるというなら、おとなしくついてゆくけどな」

「何の根拠《こんきょ》もなく歩くぐらいなら、じっくりと時間をかけて、地図を解読《かいどく》するべきだと言っているのです」

「その解読が正しいという確証《かくしょう》があるのなら、それでいいと思うけどね」

シヴィルの言葉に、ミレルがぽそりとつぶやいた。

「間違《まちが》った推測《すいそく》をするぐらいなら、何も考えていないほうがましというものよ」

ることもある。

リウイもミレルの意見に賛成《さんせい》だった。緻密《ちみつ》にしようとすると、かえって落とし穴《あな》にはまることもある。

冒険というものは、突発事態《とっぱつじたい》がつきものだから、それに即応《そくおう》する柔軟《じゅうなん》さも必要なのだ。

「……心得《こころえ》た。あとは取り決めどおりに」

シヴィルは憤然《ふんぜん》とはしたものの、反論《はんろん》はしなかった。

彼女が言った取り決めというのは、両者は別行動しない、しかし、お互いの行動には干《かん》渉《しょう》しないというものだ。

そして魔物と遭遇《そうぐう》したときには一回交替《こうたい》で戦う。

協力関係などまったくない。ただ一緒にいるというだけである。

(まったく、先が思いやられるぜ)

リウイはため息をつきながら、遺跡の奥へと歩きはじめた。

先行するのはリウイたち。シヴィルたちは、十歩ばかり距離を開けて後から続く。

銀貨《コイン》投げで、リウイたちが先行《せんこう》と決まったのだ。もっとも、背後から襲われた場合には、シヴィルたちに優先順位《ゆうせんじゅんい》がある。

取り決めは他にも細々とあり、面倒《めんどう》なことこのうえないのだが、シヴィルは大まじめである。

（いくら出会いが最悪だったからってな）

オランの街で、リウイたちが路地《ろじ》から大通りへと出たとき、運悪くシヴィルたちの行く手を遮《さえぎ》るかっこうになってしまったのだ。

しかし、それだけのことで、普通《ふつう》は決闘騒《けっとうさわ》ぎにまで発展《はってん》しない。王城《おうじょう》で再会してからも、シヴィルの態度は喧嘩腰《けんかごし》だった。

（オレたちのことが気にくわない理由が、何かあるのかな？）

リウイは疑問《ぎもん》に思っている。

だが、それをシヴィルにぶつけるわけにはゆかない。

リウイとしては、とにかくこの冒険を終えて、一刻も早く、彼女たちとは縁《えん》を切りたい心境《しんきょう》だった。

4

遺跡のなかの通りは倒壊した建物で、ときどき塞《ふさ》がれていた。

リウイたちは、時には瓦礫を乗り越《こ》え、時には通りを迂回《うかい》し、奥へ奥へと進んでゆく。

そして昼をすこし過ぎた頃《ころ》、建物の陰から突然《とつぜん》、通りに姿《すがた》を現《あらわ》したものがあった。まるで野良《のら》犬や野良猫《ねこ》がふらりと出てきた感じで。

「なんだ？」

　リウイは正体を確かめようとする。

　無論《むろん》、犬や猫ではない。体毛ではなく鎧《よろい》のような鱗《うろこ》で全身が覆《おお》われている。

　鰐《わに》のようにも見えるが、口は長く尖《とが》ってはいないし、水場が近くにあるとも思えない。

「大蜥蜴《ジャイアントリザード》……かな」

　軽く追い払《はら》おうと思ったとき、リウイに寄《よ》り添《そ》いつつ、魔法の眼鏡《めがね》に手をかけていたアイラが声にならない悲鳴《ひめい》をあげた。

「どうした？」

　リウイがびっくりして訊ねる。

「わたしも初めてみるんだけど……」

　アイラは声を震《ふる》わせながら答えた。

「未発達《みはったつ》だけど、鶏冠《とさか》みたいなものがあるし、足は八本。わたしの記憶《きおく》が確かなら、あれ魔鶏蜥蜴《バジリスク》よ」

「なんだって！」

　リウイの顔色が一瞬にして変わる。

　バジリスクについては無論、リウイも書物を読んで知識《ちしき》はある。だが、本物に出会うこ

とになるとは思っても見なかった。

「みんな、物陰《ものかげ》に隠れろ！　あいつの視線には石化の魔力が……」

そう叫んだ瞬間、バジリスクがリウイの声に反応したのか顔をあげた。

そして首だけをリウイたちのほうに巡《めぐ》らす。

（まずい！）

リウイの背筋《せすじ》に冷たいものが走った。

バジリスクの石化の視線は、たとえ目を合わさなくても、効果《こうか》を及ぼすのだ。鏡で反射《はんしゃ》させることもできるが、そんな用意はしていない。しかも、パダの名物料理であるヘンルーダのサラダを食べなかったのだ。昨日の夕食に注文したのだが、あまりの不味《まず》さに、結《けっ》局《きょく》、誰も口にしなかったのである。

メリッサが石化解除《かいじょ》の奇跡《きせき》を使えたかな、という疑問《ぎもん》がふと脳裏《のうり》をかすめる。

そして、リウイは精神を集中させつつ、バジリスクに斬《き》りかかろうと、長《バスタードソード》剣の柄《つか》に手をかけた。

一度だけ石化の視線に耐《た》えれば、バジリスクと接近戦《せっきん》に持ち込める。

「うおおっ！」

リウイは気合《きあ》いの声をあげた。

しかし次の瞬間――

バジリスクは突然、べったりと地面に伏《ふ》せるとそのまま動かなくなった。

「いったい何が起こったんだ……」

リウイは訳がわからなかったが、とりあえず怪物《モンスター》の側《そば》に寄る。

「剣で斬りつけたら駄目《だめ》よ」

その背中に、アイラがあわてて声をかける。

「しかし、とどめをささないと」

リウイは剣を大きく振りかぶったままの姿勢《しせい》で、アイラに答える。

「その心配はないわ。そのバジリスク、たぶん死んでいるから……」

「いきなり、どうして？」

リウイはアイラを振り返る。

「邪眼《イビルアイ》の魔力を使ったの。他に方法が思いつかなかったから……」

アイラの声はまだ震えていた。

初めて出会った魔獣《まじゅう》と、自分自身の行為《こうい》に怯《おび》えているのだろう。

「そうか、魔法の眼鏡の魔力のひとつ……」

アイラがはめている魔法の眼鏡は〝四つの眼〟という名前がつけられていて、その名の通り、四種類の魔力が付与《ふよ》されている。

視力を拡大《かくだい》させる遠見《とおみ》の魔力、暗闇《くらやみ》を見通せる暗視《あんし》の魔力、壁《かべ》の向こう側などを見ることができる透視《とうし》の魔力、そして視線で生き物を呪殺《じゅさつ》する邪眼の魔力だ。

四つの魔力は、合言葉だけで簡単に発動《はつどう》する。本来なら、禁断《きんだん》の魔法器《マジックアイテム》として魔術師ギルドの宝物庫《ほうもつこ》に封印《ふういん》されるような代物《しろもの》だが、視力の悪いアイラにとっては欠《か》かせない宝物でもある。だから彼女は、最後の魔力の存在をリウイ以外には秘密《ひみつ》にして、この魔法の眼鏡をかけている。

邪眼の能力を使うことは一生ないと、彼女は思っていたに違いない。

リウイはアイラのところへ戻り、彼女をかるく抱きしめた。

それを見たミレルが不満そうに口を尖《とが》らすが、事情《じじょう》は分かっているので、文句は言わなかった。以前の彼女なら、間違いなく足蹴《あしげ》りが飛んできていただろうが……

「それにしても、バジリスクを視線で殺してしまうなんてな」

リウイは冗談《じょうだん》めかして、アイラに言った。

「ひとを魔物みたいに言わないでよ。指輪に封印されているシャザーラの魔力をとっさに借りたの。彼女の魔力は、どんな魔晶石《ましょうせき》よりも遥《はる》かに高いから……」

バジリスクはそれほど恐《おそ》るべき魔物なのだ。

見たところ、遭遇《そうぐう》したバジリスクはそれほど大型ではない。成長したバジリスクと戦えば、熟練《じゆくれん》の冒険者でさえ全滅の危険があった。

全滅しないまでも、ひとりが石化してしまえば、冒険を続けることはできなくなる。

石化を治してもらうには高位の神聖《しんせい》魔法が必要で、神殿《しんでん》に莫大《ばくだい》な寄進《きしん》をし、高位の司祭の予定があくまで、何週間も待たされるのが普通《ふつう》だ。

（危《あぶ》ないところだったぜ……）

リウイは胸をなでおろした。

それにしても、遺跡に入って間もない場所で、バジリスクのような危険な魔物に出会うなど、この堕《お》ちた都市が魔物の巣窟《そうくつ》だという噂は本当だったようだ。

「こいつは、心してかからないと、な」

リウイが真顔《まがお》になって言う。

「そのようだな」

ジーニがうなずく。

「〈完治《リフレッシュ》〉の奇跡は、まだ使えません。修行不足というしかありませんね……」

メリッサがバジリスクの死体を見下ろしながら悔《くや》しそうにつぶやいた。

「ま、誰も石にならなくてよかったわ。次に魔物に会ったら、短剣《ダガー》で目を狙《ねら》うことにする

「……」

ミレルがため息をついた。

そのとき、シヴィルがやってきた。

「ずいぶん、あわてていた御様子《ごようす》でしたが、なんとか魔物は倒《たお》されたようですな」

シヴィルの声は冷ややかだった。

「ああ、いきなりだったからな」

リウイは悪びれることなく答える。

「パダの村ではヘンルーダを大量に売っていたでしょう。御購入《ごこうにゅう》されておられないのですか？」

「試食《ししょく》してみたら、あまり美味《おい》しくなかったからな……」

リウイは、そう答えるしかなかった。

「この遺跡では、あらゆる危険を考慮《こうりょ》して行動しなければならないということが、お分かりいただけたのではありませんか？」

シヴィルは冷ややかに言うと、取り決めどおり先行を交替《こうたい》しよう、と申し出てきた。

「ああ、いいぜ。今度はあんたたちの手並みを見せてもらおう」

リウイはシヴィルに答えた。

それにしても、彼女の落ち着きぶりは理解しがたい。おそらく、ヘンルーダを購入し、服用しているからだろうが、バジリスクの恐ろしさは石化の視線だけではない。アイラが指摘《してき》したとおり、その血は猛毒《もうどく》で、返り血を浴《あ》びるだけでも下手をすれば命を落としかねないのである。

(バジリスクと戦った経験《けいけん》があるとでもいうのかよ)

リウイは思ったが、無論、言葉にはしない。

いずれにせよ魔物に遭遇すれば、彼女たちの実力はすぐに分かる。この遺跡では、そう時間がかかることではないはずだった。

そして、リウイのその予想は、すぐに現実となる。

日が昇《のぼ》りきり、昼食にしようかと思いはじめた頃、先行するシヴィルたちが、いきなり走りはじめたのだ。

何事かと思って見ていると、崩《くず》れかけた建物のなかに飛び込んでゆく。

すぐに戦いの物音が聞こえてきた。

リウイたちは顔を見合わせてうなずきあうと、シヴィルたちの近くまで行く。

薄暗《うすぐら》い建物のなかにいたのは、洞窟巨人《トロール》だった。名前のとおり、普通は自然の洞窟《どうくつ》に暮《く》らしている邪悪《じゃあく》な巨人《きょじん》族の末裔《まつえい》だが、かつての空中都市の廃墟であるこの遺跡は、彼らにとっても快適《かいてき》な棲処《すみか》のようだ。

トロールに接近戦を挑《いど》んでいるのは、シヴィルと密偵のスマック、そしてもうひとりの戦士ダニロ。

ミレルの倍ほどの身長があろうかという巨人に対し、シヴィルたち三人は見事な戦いを見せていた。

とくにシヴィルの剣の冴《さ》えには目を瞠《みは》らされた。トロールは長い腕を振り回して暴《あば》れ狂《くる》うが、それを巧《たく》みに避《よ》けつつ、隙《すき》を見て剣で斬りつける。

身の運びも軽やかで、その戦いぶりは優雅《ゆうが》でさえあった。

「こいつは……」

リウイは思わずうなった。

「決闘していたら、まず負けていたな……」

アイラが魔法の指輪に囚《とら》われていたあいだは、どちらかといえば魔術の修行のほうに身を入れていたこともあり、リウイの剣術の腕前《うでまえ》はさほど上達していない。

しかし、リウイにとって剣術の師匠《ししょう》ともいうべきジーニに言わせると、剣の技《わざ》だけが戦士としての力量《りきりょう》ではないとのことで、リウイは確実に強くなっているのだそうだ。

ジーニはお世辞《せじ》を言うような性格ではないから、その言葉を信じてはいるが、あまり実《じつ》感《かん》はない。魔法戦士といえば聞こえがいいが、剣も魔術も中途半端《ちゅうとはんぱ》では、ただの足手まといなだけだ。

しかし、今のところ、どちらかをあきらめる気にはなれない。

リウイの実の父親は大陸最強の戦士と謳《うた》われているオーファン王リジャールであり、養父は大陸でも屈指《くっし》の大魔術師カーウェスである。

だからこそ、リウイにとっては剣も魔術も捨てるわけにはゆかないのだ。

大変な苦労はしたものの、何とか導師級の魔術は習得《しゅうとく》したし、戦士としてもオーファンの上級騎士たちと互角《ごかく》ぐらいには戦えるようになった。

しかし、シヴィルには勝てそうにない。

彼女の年齢《ねんれい》は、ミレルとそう変わらないから、おそらく天から与えられた才能があったのだろう。

そして将軍職《しょうぐんしょく》の家柄《いえがら》に生まれ、厳《きび》しく鍛えられてきたに違いない。

(なるほど、自信満々なわけだ)

傲慢《ごうまん》にも見える彼女の態度にも、いくらか納得《なっとく》はいった。

もうひとりの戦士ダニロの戦いぶりも正々堂々《せいせいどうどう》たるものだった。怪物《かいぶつ》の正面に立ち、大型の盾《たて》を使ってトロールの猛攻《もうこう》をしのいでいる。

防戦《ぼうせん》しているだけのようにも見えるが、彼がトロールの注意をひきつければこそ、あとのふたりが思う存分《ぞんぶん》に戦えるのだ。

騎士ではなく、王城警護《おうじょうけいご》の兵士のなかから選ばれたそうだが、確かに上級騎士に勝《まさ》るとも劣《おと》らない実力を備《そな》えている。

普段《ふだん》は槍《やり》を担《かつ》いでいるので、槍使いかと思っていたのだが、遺跡には剣しか持ち込んでいない。

スマックも密偵にしては立派な体格をしていて、星状の突起《とっき》がついた連接棍棒《フレイル》を使った戦いぶりもまるで戦士のようだ。

彼はオラン王国ではなく、サイアス侯爵《こうしゃく》家に仕えているらしい。いつもシヴィルの側にひかえ、周囲を警戒《けいかい》している。彼女の身辺警護がサイアス侯から与えられた使命なのだろう。

シヴィルたちのなかでも最年少の魔術師であるアストラも古代語魔法で的確《てきかく》な援護《えんご》をしている。しかも、使っている呪文《じゅもん》は導師級の高度《こうど》なものだ。

魔術師としての実力は、おそらくリウイより上だろう。オーファン魔術師ギルドで、魔女と畏怖《いふ》されたラヴェルナ導師もそうだったが、魔術師の世界にも十年に一度ぐらい現《あらわ》れる天才なのかもしれない。

神聖魔法《しんせい》──いや、暗黒魔法の使い手であるエメルは、穏やかな笑顔を浮かべて、シヴィルたちの戦いぶりを見ているだけだが、彼女の役割《やくわり》は癒《いや》し手だから誰も怪我《けが》をしていない以上、出番はない。

トロールは恐《おそ》るべき魔物だが、彼らなら倒《たお》すのは時間の問題だと思われた。

(それはいいんだが……)

リウイはいぶかしむように、周囲の状況《じょうきょう》やシヴィルたちの様子を観察《かんさつ》する。

彼らの戦いぶりにちょっとしたひっかかりを覚えたのだ。違和感《いわかん》のようなものといってもいい。

(ま、たいしたことじゃないよな)

リウイは自分自身に言い聞かせる。お互《たが》い気分が悪くなるだけだから、あえて忠告《ちゅうこく》する気にはなれない。

ほどなくトロールとの戦いは終わった。シヴィルたちに怪我のひとつもなく、余裕《よゆう》の表情さえ見せていた。

「どうです?」

誇《ほこ》らしそうに、シヴィルが声をかけてくる。

「ああ、見事だったぜ」

リウイは素直《すなお》に答えた。戦いぶりについては、その言葉に間違いはない。シヴィルはしかし、その言葉に満足しなかった。リウイがあっさりと認《みと》めたのを、余裕《よゆう》の表れだと見たのかもしれない。

（負け惜《お》しみでも言っておくべきだったかな）

と、リウイは心のなかでつぶやく。

「次は、あなたたちの番だ……」

シヴィルは憮然《ぶぜん》として言うと、さっさと後方へと下がっていった。

そして夕刻頃《ゆうこくごろ》、リウイたちは赤肌鬼《ゴブリン》の一団に遭遇《そうぐう》する。餌《えさ》を求めて徘徊《はいかい》していたのだ。

もっとも、この危険《きけん》きわまりない遺跡のなかでは、彼らのほうが餌にされることが多いだろう。だが、繁殖《はんしょく》力の旺盛《おうせい》な妖魔《ようま》たちだから、食い尽《つ》くされることもない。

リウイは〈火球《ファイアボール》〉の呪文を放って威嚇《いかく》し、ゴブリンたちを追い払《はら》った。

「ゴブリンごとき、魔法など使わずとも剣で挑《いど》んで全滅させたらよかったのです」

シヴィルは不満そうだったが、リウイは取り合わなかった。

他の場所にいるならともかく、この遺跡にいるかぎり、彼らは冒険者以外の人間に害をなす心配はない。

そしてこの遺跡にゴブリンが脅威《きょうい》だというような冒険者が立ち入るとは思えない。もしも立ち入ったとしたら、それは自業自得《じごうじとく》というものだ。

辺りが薄暗《うすぐら》くなってくると、リウイはシヴィルに夜営にしようと呼《よ》びかけた。

彼女はまだ活動できると主張《しゅちょう》したが、リウイはこればかりは譲《ゆず》らず、道端《みちばた》に荷物を下ろす。

それを見て、シヴィルも仲間たちに今日はここまでだ、と告げた。

そしてリウイたちから、二十歩ばかり離れたところにある倒壊《とうかい》していない建物のなかに入ってゆく。

どうやら、そこで夜を越《こ》すつもりのようだ。

「やっぱり、オレたちと流儀《りゅうぎ》は違うなぁ」

リウイはジーニに笑いかけた。

危険な場所でこそ、リウイたちは開けた場所で野営することに決めている。

敵《てき》に発見される可能性《かのうせい》も高いが、退路《たいろ》も多いからである。

「ま、流儀は人それぞれだからな。それに、わたしたちの流儀のほうが正しいという保証《ほしょう》もない」

ジーニは答えた。

「もっとも、流儀を変えるつもりはない、がな」

「ああ、オレもこれまでの流儀のほうがやりやすい」

リウイも笑いかえした。

「わたしは馴染《なじ》むまでに時間がかかりそう……」

アイラがため息をつく。

魔法の指輪に囚《とら》われるまで、自分の寝台《ベッド》以外の場所で夜を明かしたことは、数えるほどしかないのだ。

5

リウイたちは暗くなっても火を焚《た》かず、毛布《もうふ》にくるまっただけで石畳《いしだたみ》のうえにごろりと横になった。

この遺跡がいかに危険な場所かは身にしみて分かったし、なにしろ魔物たちの大半は夜行性である。

見張《みは》りには、ふたり立てることに決める。

リウイとジーニが二交替《こうたい》で、あとの三人は三交替。

アイラを除《のぞ》けば、全員が武器《ぶき》をとって戦える。

武器を扱《あつか》ったことも冒険者としての経験《けいけん》もないに等《ひと》しいアイラだが、強力な魔法器《マジックアイテム》で身をかためているし、洋燈《ランプ》の精霊《せいれい》シャザーラの魔力を自分の物にしている。なにしろ、バジリスクを瞬殺《しゅんさつ》したほどだ。彼女が本気をだせば、リウイたち四人が束《たば》になっても勝てないかもしれない。

もっとも、彼女は血生臭《ちなまぐさ》いことは嫌《きら》いで、積極的《せっきょく》に戦いに加わることはない。リウイもそれでいい、と思っている。

彼女の才能や知識《ちしき》は、商談《しょうだん》や交渉《こうしょう》など戦闘《せんとう》以外のところでこそ発揮《はっき》されるのだ。彼女のその能力で、リウイは危《あぶ》ないところを何度、助けてもらったか分からない。

最高の冒険者とはまだ言えないが、リウイはこの仲間を誇《ほこ》りに思っている。どんな魔物が現れようと、対処《たいしょ》できる自信はあった。

だが、魔物に襲《おそ》われたのは、リウイたちではなく、建物のなかで夜営をしていたシヴィルたちだった。

時刻《じこく》は夜半《やはん》を回っている。

密偵《みってい》であるスマックの警告《けいこく》の声で、リウイたちは彼らが襲撃《しゅうげき》されたことを知った。見過《みす》ごすわけにもゆかず、リウイたちはシヴィルたちのところへ駆《か》けつける。

「大丈夫《だいじょうぶ》か？」

リウイは声をかけた。

「大丈夫に決まっている。これは、わたしたちの獲物《えもの》だ。手を出さないでいただきたい」

それがシヴィルの返答だった。

魔物は黒いガス状《じょう》で、人間のような姿《すがた》をしていた。忍び寄る者《ストーカー》の一種であるシャドウストーカーという魔法生物だと、リウイの知識は伝えていた。

絞首紐《ギャロット》を隠《かく》し持った恐《おそ》るべき暗殺者だ。殺意そのものが実体化したような魔物である。

油断《ゆだん》をしていたら、いや十分に警戒《けいかい》していても、闇《やみ》に溶《と》けこむ能力を持ったこの魔法生物の接近を見破《みやぶ》るのは簡単《かんたん》ではない。

そして声ひとつあげることもできず皆殺《みなごろ》しにされる。

戦闘になっているというだけでも、シヴィルたちが冒険者としていかに優秀《ゆうしゅう》かが分かる。

(ホント、たいしたもんだぜ……)

リウイは感心した。

だが、これほどの実力がありながら、何かにつけつっかかってくるシヴィルの心のなかは分からない。

シャドウストーカーは見えているだけで三体。ふたりの戦士とひとりの密偵が、一対一で戦っている。

そして、離れた場所からは少年魔術師アストラの魔法の援護。ストーカーは普通の武器では傷つけられないから、武器に魔力を付与することが必須の条件《じょうけん》となる。この天才少年がそれを知らないはずはない。

シヴィルを除くふたりが手にする武器の刃《やいば》は、炎《ほのお》に包まれていた。〈炎の武器《ファイアウエポン》〉の呪文を使っているのだ。

エメルはやはり屈託《くったく》のない笑顔でシヴィルたちの戦いぶりを見ている。こういう状況《じょうきょう》でも笑っていられるところは、さすが暗黒神《ファラリス》の神官だった。

シヴィルたちの戦いぶりは、昼間、トロールを相手にしたときとほとんど同じで危なげはない。

だが、リウイにはやはりひっかかるものがあった。一見して無駄《むだ》のない戦いに覚える違和感――

そして次の瞬間、それがはっきりとした形をとって現れることになる。

シャドウストーカーがもう三体、影のなかに潜んでいたのだ。

そして新手《あらて》の三体は、申し合わせたように魔術師の少年に襲いかかってゆく。

魔術師と神官の娘《むすめ》も反応はしていた。だが、突発事態《とっぱつじたい》にどう対処していいか分からない様子だった。

「まずい！」

リウイは反射的《はんしゃ》に動いていた。

彼が今、手にしているのは、オーファン王リジャールから与えられた魔法の剣である。

魔法生物が相手でも問題はない。

そして三体のストーカーのあいだに躍《おど》りこみ、大きく剣を振り回す。

ストーカーがどういう精神構造《こうぞう》をしているかは知らないが、魔法で生みだされた暗殺者は殺意の対象《たいしょう》をリウイに変えた。

そして取り囲《かこ》むように、襲いかかってくる。

当然、リウイは苦戦《くせん》した。

だが、それでいいのだ。時間を稼《かせ》ぐことしか、彼は考えていない。

結果、一体に背後を取られ、リウイは絞首紐《ギャロット》を首に巻《ま》かれた。

ぎりぎりと首が絞《し》まる。

リウイは剣を捨て、紐《ひも》に手をかけた。

(力比《くら》べなら負けないぜ!)

首を絞められているので、声こそ出なかったが、リウイは心のなかで叫んでいた。

そして身体《からだ》を前方に一回転させて、背中から床《ゆか》に落ちる。当然、下敷《したじ》きになったのは、ストーカーのほうだ。

ストーカーがそれで苦痛《くつう》を感じたかどうかはわからない。だが、絞首紐のしめつけは弛《ゆる》んでいた。

リウイは絞首紐をはずすと、身体を入れ替え、シャドウストーカーと向き合った。

そして右手を高く差し上げた。

アイラがリウイの意図《いと》に気づき、拳《こぶし》に魔法をかけてくれる。

少年魔術師に倣《なら》ったのか、〈炎の武器《ファイアウエポン》〉の呪文だったが……

「うおおっ！」

リウイの拳が炎に包まれる。

熱いというより、痛《いた》いほどだったが、今はかまっていられない。

リウイは炎の拳をストーカーに叩きつけた。そして十発も殴《なぐ》らないうちに、魔法生物は消滅《しょうめつ》していた。

そのあいだに、残るストーカーの始末《しまつ》もついていた。

一体はジーニが倒《たお》し、もう一体はシヴィルが駆けつけてきて倒したのだ。

リウイは立ち上がって、メリッサに火傷《やけど》を負った右手の治療《ちりょう》を受ける。

「ご、ごめんなさい」

アイラが申し訳《わけ》なさそうに言う。

「とっさのことだったからな。魔物は倒せたんだから、たいした問題じゃない。でも、次は〈魔力付与《エンチャント・ウエポン》〉の呪文をかけてくれよな」

リウイは笑顔で答えた。

そのときである。

「手出しは無用《むよう》と答えたはずだ！」

怒《いか》りに震《ふる》えた声で、シヴィルが猛然《もうぜん》と抗議《こうぎ》をしてきた。

「取り決めたとおりに行動してもらいたい。これは、わたしたちにとって侮辱《ぶじょく》だ！」

歌唄《うたうた》いにしたいほどに高く澄《す》んだ声。

だが、リウイの心のなかで、そのとき何かがプッリと音を立てて切れた。

まだ治療途中《とちゅう》の右手が、反射的に動く。

そして、次の瞬間、リウイの拳はシヴィルの化粧《けしょう》気のない顔に叩きこまれていたのである——

6

その瞬間、時間が止まり、空気が凍《こお》りついたかのようになった。

リウイの拳が、女騎士《きし》シヴィルの顔に突き刺《さ》さったのだ。

派手《はで》な金属音《きんぞくおん》が響《ひび》き、女騎士は石畳《いしだたみ》に倒れていた。

「お、お嬢様《じょうきま》!」

女騎士の護衛《ごえい》役である密偵のスマックが顔色を変えて走り寄る。

戦士のダニロは、ぴくりと眉《まゆ》を動かしただけ。

黒い衣服をまとった神聖魔法の使い手エメルは、驚《おどろ》いたように口を開き、無意識《むいしき》に拳で
それを隠《かく》す。

「女を殴るとは、最低ではありませんか?」

魔術の天才少年アストラが目を細めると、冷ややかに言う。

「あいにくだが、オレは騎士道とは無縁《むえん》なんだ。それに彼女は女として扱《あつか》ってほしいよう
には見えなかったしな」

リウイは平然《へいぜん》と言いかえした。

「あたしは殴られたことないから、女として扱ってもらえてるんだ」

ミレルが嬉《うれ》しそうな顔をする。

「わたしだって、殴られたことはないわよ」

アイラが律儀《りちぎ》に張《は》り合う。

「あの拳、不思議と避《よ》けられないからな」

リウイと最初に出会ったときのことを思いだして、ジーニが苦笑《くしよう》をもらした。

「素手《すで》で戦うかぎり、誰にも負けないのでは、と思うときがありますわ」

戦神マイリー教団《きようだん》の女性侍祭《じさい》メリッサが相槌《あいづち》をうったあと、不本意《ふほんい》ですがと付け加えた。

素手でいくら強くても、武器を持っている相手に勝てるわけがないし、見た目にも野蛮《やばん》である。リウイの従者《じゆうしや》を自認《じにん》しているメリッサとしては颯爽《さつそう》と戦い、かつ最強であってほしいのだ。

シヴィルはしばらく気を失っていたようで、ぴくりとも動かなかった。しかし、スマックが揺《ゆ》り動かすうちに、うっすらと目を開いた。

そして次の瞬間、がばっとはね起きる。

彼女の青い目が憎《にく》しみの炎を宿《やど》し、リウイに向けられる。

リウイはその視線を真っ向から受け止めた。

「よ、よくも！」

シヴィルはゆっくり立ち上がると、リウイと五歩ほどの間合いを取った。

そして、鞘《さや》に収めていた剣を抜き放つ。

「抜かれよ」

シヴィルはリウイを見すえたまま言った。

「不意《ふい》をつかれたゆえ不覚《ふかく》をとったが、尋常《じんじょう》な勝負では負けはしない」

「だろうな」

リウイはあっさりと認《みと》めた。

「剣の腕は、あんたのほうが上だ。今のところはだけどな」

「今のところ、だと？」

シヴィルの顔が、さらに怒《いか》りにゆがむ。

「ああ、オレは今、鍛《きた》えているところだからな。才能があったら、もっと強くなるはずだ」

「わたしも日々、鍛錬《たんれん》している！　そしてわたしのほうが、あなたよりも若《わか》いのだ。抜かれることなど、あるはずがない!!」

「そうかもしれない。しかし、こればかりは、続けてみないことにはな」

リウイは言うと、拳《こぶし》を重ね、指の関節《かんせつ》をばきばき鳴らした。

「今は、こいつで十分だ。遠慮《えんりょ》なくかかってきな」

「素手の相手に勝負を挑《いど》めるか！」

「素手と素手なら、悪いが勝負にならないぜ」

リウイは不敵《ふてき》に笑う。

「いかにオーファンの王子であろうと、これ以上の侮辱《ぶじょく》は許《ゆる》さぬ！」

「遠慮《えんりょ》なく切り捨ててしまえばいいのです」

ダニロが薄笑《うすわら》いを浮《う》かべながら言った。

「リウイ王子とその一行は、魔物に襲《おそ》われ、最期《さいご》を遂《と》げられただけのこと」

「わたしたち全員が、か？」

それを聞いたジーニが鼻で笑う。

「貴様《きさま》は、わたしが相手をしてやろうか」

「お望みならいいですよ。わたしも騎士道とは無縁ですから」

「わたしも女として扱ってほしいわけではないからな」

ジーニは答えて、背中から大剣《グレートソード》をはずした。

「オランの聖剣探索隊《せいけんたんさくたい》は、魔物に襲われ、最期を遂げたってことでいいものね」

ミレルがじとりとした目で、ダニロを睨《にら》む。

「殺しはせぬ。だが、腕の一本でもいただこう。戦神マイリーの高司祭に話は通しておくゆえ〈完治《リフレッシュ》〉の奇跡《きせき》をかけてもらえばよい」

ダニロの言葉を聞いたのか、シヴィルが言った。

「かけ声はもう聞き飽《あ》きた。さっさとかかってきな」

リウイの顔は、普段《ふだん》とは一変していた。

目には鋭《するど》い光が宿り、眉間《みけん》には一筋《ひとすじ》の縦皺《たてじわ》が刻《きざ》まれている。

「参《まい》る！」

シヴィルは気合いの声をあげると電光《でんこう》のように動いた。

剣を振りかぶり、上段から斬《き》りおろす。

リウイは避けなかった。むしろ、自ら剣の間合いに踏《ふ》みこんでゆく。

「リウイ！」

アイラが悲鳴をあげて、手で顔を覆《おお》った。

シヴィルの剣がリウイの右肩を深く切り裂《さ》いたのだ。

血飛沫《ちしぶき》が散り、シヴィルの顔が返り血で真っ赤に染《そ》まる。

「あなたは狂《くる》っているのか？自ら刃《やいば》に飛びこむなど……」

「よく言われる。だが、勝ったのはオレだ」

リウイはニヤリとすると、左の拳を鋭《するど》くシヴィルの顔に伸《の》ばした。

「尋常な勝負では不覚はとらぬと言った！」

シヴィルは一瞬、身を引き、リウイの拳をかわす。そして刃を腰だめにすると、ふたたび前に踏みだし、今度こそリウイの腕を斬り落とさんとした。

だが、そこに腕はなかった。

そして次の瞬間には、リウイの腕は腰のあたりから突きあげられ、シヴィルのみぞおちに突き刺さっていたのである。

普通の甲冑《かっちゅう》なら、そこは金属板で守られていただろう。だが、彼女が着ている甲冑は、胸《むね》と腰は守っているものの、腹《はら》や胴《どう》は布《ぬの》があるだけだ。

リウイの拳はそこを正確に貫《つらぬ》いていた。

シヴィルの目が宙《ちゅう》を泳ぎ、身体がぐらりと前に傾《かたむ》く。

リウイはその身体が倒れぬよう、血に濡《ぬ》れる肩で支《ささ》えた。

そして密偵のスマックに視線で合図を送る。

心得たようにうなずくと、スマックはリウイからシヴィルを受け取り、静かにその場に横たわらせた。

「大事なお嬢様《じょうさま》に悪かったな……」

リウイはスマックに声をかけた。

「いや、あなたの顔を見ていたら、何も言えなくなった。むしろ感謝《かんしゃ》すべきかもしれない。ここまで、お嬢様に真剣《しんけん》に向き合ってくれた人は、誰《だれ》もいなかった……」

そのとき、メリッサがやってきて、リウイの傷《きず》を癒《いや》しの呪文《じゅもん》で治《なお》す。

「かなり深い傷ですよ。よく拳を動かせましたね？」

「彼女はオレの腕を狙《ねら》っていたからな。振《ふ》り下ろしの攻撃《こうげき》は牽制《けんせい》に決まっている。だから、踏みこんでいったんだ。それに拳で顔を狙うと、彼女は必要以上に身体を引いた。さっき顔を殴られたばかりだし、やっぱり女なんだな。だから、もう一度、踏みこんできたとき、オレはみぞおちを狙うことができた。鎧《よろい》もなかったしな」

「それを、とっさの判断《はんだん》で？」

「この勝負、負けるわけにはゆかないしな。腕を落とされたら、ここからお帰りだ。オラン王やマナ・ライ師にばれたりしたら、大騒《おおさわ》ぎだろうしな」

リウイは苦笑をもらす。

「この御方《おかた》は、使命《しめい》をいったい何と心得ておられるのでしょうね」

メリッサが眉《まゆ》をひそめる。

「ああ、これほどの腕を持っているのに、な」

リウイはメリッサの言葉にうなずくと、スマックを振り返った。

「彼女には、どうも余裕《よゆう》がないように感じるんだ。いつも、ぴりぴりとしていて……」

「リウイ王子は、気づいておられたのではなかったのか？」

リウイに訊《たず》ねられ、スマックは驚いたような顔をした。

「いや」

リウイは首を横に振る。

「そうだったのか？　わたしは、あなたがお嬢様のお気持ちに気づいて、挑発《ちょうはつ》されていたと思っていたのだが……」

「オレが挑発？」

リウイは首をひねる。

「お嬢様は父君に鍛えられ、幼少《ようしょう》の頃から剣の才能を発揮《はっき》された。同年代の男は、彼女の足下《あしもと》にも及《およ》ばなかった。彼女は十四歳にして正騎士となり、近衛《このえ》騎士として皇太子《こうたいし》殿下《でんか》の姫君の護衛《ごえい》役をも務《つと》められた……」

「これほどの腕だ、当然《とうぜん》だろうな」

リウイはうなずく。

「王国主催《しゅさい》の剣術《けんじゅつ》試合でも、彼女はいつも上位の成績を収められていた。古参《こさん》の騎士でも、彼女に勝てる騎士はそうはいない。ましてや、若い騎士など問題にはしなかった」

スマックは気を失ったシヴィルの顔を見つめながら話を続ける。

「しかし、ここ数年、成績が伸びていないのだ。そして以前は相手にならなかった同年代の若い騎士たちにも、それなりに苦戦するようになってきた。なにより身長が止まり、鍛えても体格が変わらないことを気に病《や》んでおられたのだ……」

「身長は人それぞれだし、体格だって若い娘《むすめ》としては普通だ」

「そのとおり。しかし、お嬢様はそれで納得《なっとく》することはできなかった……」

「だから、何かとオレにつっかかってきたわけか」

リウイはなるほどな、とつぶやく。彼の身長や体格は、彼女にとっては求めても得られないものなのだ。

「お供《とも》の方々が全員、女性というのも、お嬢様は立腹《りっぷく》なされていた。まるで、砂塵《さじん》の国の後宮《ハーレム》のようだとな」

「オレは本物の後宮《ハーレム》を見物したが、オレたちの関係とは全然、違うぜ。彼女らはお供じゃなく、仲間なんだ。だいたい、このなかじゃ、オレがいちばん未熟者《みじゅくもの》かもしれない……」

「しかし、あなたがやはり中心におられる。それは、あなたがオーファンの王子でなくても変わらないはずだ」

リウイは何も答えず、照《て》れたように頭をかいた。

「仰《おっしゃ》るとおりです」

代わりに、メリッサが誇《ほこ》らしそうに胸を張った。

「つまり、オレという存在自体が、彼女にとっては目障《めざわ》りだったってことか？」

リウイは自分を指差《ゆびさ》しながら、スマックに訊ねる。

「そういうことになります」

スマックは、あっさりと認《みと》めた。

リウイは苦笑いをするしかなかった。

「彼女の気持ちは分からなくもありませんわ。わたしも、ラムリアースでは騎士の家に生まれ、子供のころは剣術の修行をしていましたもの。残念ながらというべきか幸いというべきか、それほど才能に恵まれていなかったので、あきらめられましたが……」

だから、メリッサは自分が勇者になるのではなく、伝説に名を残すような勇者に仕えたいと思うようになった。

最初、その勇者はジーニに違いないと思ったのだが、戦神マイリーの神託《しんたく》によりリウイの従者となったのだ。かなりのあいだ、それは不本意でならなかったが、今では神託の正しさを信じて疑っていない。

無論《むろん》、今のリウイはまだまだ本当の勇者とは言えない。だが、その資質《ししつ》は間違いなくあると思っている。

「……くっ」

そのとき、シヴィルが苦しそうにうめくと、ゆっくりと目を開けた。

「お嬢様《じょうさま》……」

心配そうにスマックが声をかける。

「だ、大丈夫《だいじょうぶ》だ……」

シヴィルはそう答えたが、苦しそうに咳《せ》き込《こ》んだ。

「悪かったな」

リウイが声をかける。

「いえ、わたしの完敗《かんぱい》でした。力も技《わざ》も、そして心も……」

「技はそっちが上だろ」

リウイはあわてて首を横に振る。

「剣を手にしていて、素手に負けたのです。無論、手加減はしていましたが、それでもわたしのほうが有利《ゆうり》だったはず……」

「さっきも言ったが、剣と剣で戦っていたら、あんたのほうが勝っていたんだ。それに、勝ったとか負けたとか、オレはどうでもいいと思う。大事なのは、自分がどこまで強くなれるかじゃないか。自分を極《きわ》めることができたら、たとえ最強になれなくても満足するしかない。無論、戦士を目指す以上、最強になるにこしたことはないけどな……」

リウイの目的も、大陸最強の戦士と謳《うた》われた実父リジャールを超《こ》えることである。だが、今、負けていることは悔《くや》しくはない。むしろ、嬉しいぐらいだ。目標《もくひょう》が大きいからこそ、それを超える意味があるというものだ。

「……そう思わないか」

と、リウイはシヴィルに笑いかけた。

「仰るとおりです」

シヴィルは弱々しく微笑《ほほえ》みながら、首を縦に振った。

「わたしも、分かってはおりました。しかし、剣術の上達の速度《そくど》が鈍《にぶ》ってくると、気持ちが上ではなく、下に向くようになってしまったのです。これまで楽々《らくらく》、退《しりぞ》けていたものに苦戦すると、抜かれたくないと気が焦《あせ》り、自分を極めるということを忘《わす》れてしまって……」

シヴィルはスマックの助けを借りて、ゆっくりと立ち上がった。そしてリウイに向かって、深く一礼した。

「魔精霊《ませいれい》アトンを復活《ふっかつ》させたのは、オランの不始末《ふしまつ》。ゆえに、オーファンからの客人には負けるわけにはゆかないとも思っておりました。しかし、ここまで器《うつわ》の差を見せつけられたら、納得するしかありません。これまでのご無礼、どうかお許《ゆる》しください。我々《われわれ》はこれより、リウイ王子の御指示《ごしじ》にすべて従《したが》います」

「そ、そうか……」

いきなり人が変わったような女騎士のシヴィルに、リウイはむしろ面食《めんく》らったが、使命を達成《たっせい》するためには、そのほうが好都合に決まっている。

「こちらこそ、よろしく頼《たの》む」

「心得ました……」

シヴィルは爽《さわ》やかな笑みを浮かべた。

「うっ、まずくない？」

それを見て、ミレルがアイラを肘《ひじ》で突いた。

「ええ、まずいかも……」

アイラが魔法の眼鏡《めがね》に手をかけながら、相槌《あいづち》をうつ。

恋敵《こいがたき》が増《ふ》える予感を、ふたりは敏感《びんかん》に察知《さっち》したのだ。

しかし、その予感は当たらなかった。

なぜなら、シヴィルは、次の瞬間《しゅんかん》、リウイではなく、ジーニのもとに駆け寄ったからである。

そして、

「ジーニ殿《どの》、どうか、わたしを鍛えてくださらないでしょうか？」

と、顔を赤らめながら言ったのだ。

「わ、わたしが、あなたをか？」

思いもしなかった展開《てんかい》に、ジーニは目を白黒させる。

「はい！　わたしが今以上、強くなるには、あなたの教えを請《こ》うしかないと思えるのです」

そう言って、シヴィルはジーニの全身をうっとりと見つめる。

「あたしたちの女の勘《かん》って……」

「まだまだ未熟よね」

ミレルとアイラは苦笑《くしょう》をしながらも、とりあえず互《たが》いの手を打ち鳴らしておくことにした。

第3章　鍛冶師《かじし》の館《やかた》

1

シヴィルが豹変《ひょうへん》したおかげで、それまで険悪《けんあく》だった二組の冒険者《ぼうけんしゃ》のあいだに流れる空気もがらりと変わった。

リウイたちに対抗《たいこう》心を燃《も》やしていた戦士《せんし》のダニロと魔術師《まじゅつし》のアストラも拍子抜《ひょうしぬ》けしたのか、リウイたちに協力的になった。

総勢《そうぜい》十人の冒険者は一緒《いっしょ》に行動し、かつての空中都市の廃墟《はいきょ》を奥《おく》へ奥へと向かう。

魔物とは何度も出会ったが、すべて難《なん》なく退《しりぞ》けることができた。

そして三日目の朝になって、目的の場所、魔法王の鍛冶師ヴァンの屋敷《やしき》を発見したのである——

屋敷は広大《こうだい》で、しかも堅牢《けんろう》なものだった。落下の衝撃《しょうげき》にもびくともせず、五百年以上前の姿をそのまま残しているように思えた。

「ヴァンは付与魔術師《エンチャンター》一門の重鎮《じゅうちん》で、この都市の建設《けんせつ》にも関《かか》わっていたようです」

天才魔術師少年のアストラが解説《かいせつ》をする。

魔精霊《ませいれい》アトン復活《ふっかつ》の報《ほう》に触《ふ》れて、オラン魔術師ギルドはヴァンという魔術師について総《そう》力《りょく》をあげて研究しているそうだ。

「どんな人物だったんだ？」

リウイが訊《たず》ねる。

「付与魔術に関してはまさに天才でしたが、かなり変わった人物でもあったようです」

「ま、天才と呼ばれる奴《やつ》は、おうおうにしてそうだよな」

リウイはさらりと言った。

「僕《ぼく》は、まともですよ」

アストラがむっとする。

（天才だということは自認《じにん》してるのか）

リウイは感心した。

「屋敷とは言っても、ヴァンには家族もいませんし、おそらく魔術の研究もここで行われていたと考えられます。十分、注意して探索《たんさく》しましょう」

「魔法生物《コンストラクト》や魔法仕掛《トラップ》けには、特に気をつけろということだな」

リウイはうなずいた。

「こんなこと言ったら不謹慎《ふきんしん》だけど、魔法王の鍛冶師とまで呼ばれた付与魔術師の屋敷、ちょっと楽しみだわ」

アイラが遠慮《えんりよ》がちに言った。

オーファンの魔術師ギルドにいたとき、彼女は魔法の宝物《たからもの》を研究の題材《テーマ》にしていたし、趣味《しゅみ》としても収集《しゅうしゅう》していた。

「ま、おもしろそうなものがあったら、持って帰ってもいいだろうな。ただし、得体《えたい》の知れないものには手を出さないほうがいいぜ」

「それは身に染《し》みてるから」

アイラは苦笑する。

彼女はリウイが贈《おく》った魔法の指輪《ゆびわ》のなかに、二年ものあいだ閉《と》じこめられていたのだ。

「任務優先《にんむゆうせん》でお願いしますよ」

アストラが冷たく言う。

「分かっている。魔法の宝物より、書物や巻物《まきもの》を優先させるさ」

リウイはうなずいた。ここに来たのは、魔精霊アトンを滅《ほろ》ぼすための手がかりを得るためなのである。

リウイたちは屋敷を探索《たんさく》するための手順《てじゅん》を打ち合わせ、そして屋敷のなかへと挑《いど》む。

扉《とびら》には魔法の鍵《かぎ》がかけられていた。

それは五百年間、開けられたことがない証《あかし》である。

リウイがまず解錠《かいじょう》を試《こころ》みる。自分程度《ていど》の魔力で開けられるとは思っていないが、仕掛《しか》けが発動《はつどう》しないとも限《かぎ》らないからだ。

思ったとおり、鍵は開かない。しかし仕掛けもないように思えた。

リウイはしばらく待ってから、アイラを振り返る。

「まかせて」

アイラはうなずくと、前に進みでる。

「〈解錠《アンロック》〉の呪文《じゅもん》なら、僕のほうが……」

あわててアストラが言ったが、リウイは首を横に振った。

「魔術師としての実力は、あんたのほうが上さ。しかし魔力だけなら、彼女のほうが能力は高いんだ」

「どうしてですか？」

アストラは憮然《ぶぜん》として訊ねる。

「理由を説明すると面倒《めんどう》なんだが、高品質の魔晶石《ましょうせき》を持っているとでも思ってくれ」

リウイは答えた。

アストラはまだ不満そうだったが、とにかくも引き下がった。

「万物《ばんぶつ》の根源《こんげん》、万能の力……」

アイラは古代語魔法の呪文を唱えはじめる。

そして呪文は完成し、扉は音もなく開いた。

（ありがとうね、シャザーラ）

アイラは魔法の指輪を見つめながら、魔力を強化してくれた魔神《まじん》に呼びかける。

（お安い御用《ごよう》です、御主人様……）

シャザーラの声が、アイラの心に響《ひび》く。

かつて、シャザーラは洋燈《ランプ》の魔神だった。その呪縛《じゅばく》からは解放されたのだが、今は新たな呪縛によって、アイラが左の薬指にはめている指輪に封印《ふういん》されている。

シャザーラは、現在《げんざい》の運命を受け入れているようにアイラには感じられる。だが、その心の奥深くまでは分からない。

指輪の所有者と指輪の虜囚《りょしゅう》とは精神的に繋《つな》がってはいるが、決して完全ではない。

それでも、アイラはシャザーラの知識や能力、魔力を自由にできる。そしてシャザーラは全知全能でこそないものの、人間を遥《はる》かに超《こ》えた能力を持っているのだ。

ある意味、アイラがかけている魔法の眼鏡《めがね》以上に危険《きけん》な魔法器《マジックアイテム》かもしれない。

屋敷《やしき》のなかに入るのは、ちょっとした苦労だったが、屋敷のなかの探索は拍子抜《ひょうしぬ》けするほど順調《じゅんちょう》に進んだ。

魔法生物の守衛《ガーディアン》も魔法仕掛けの罠《トラップ》もない。

広い屋敷内には生活感の欠片《かけら》もなく、ただ付与魔術に必要となる施設《しせつ》や道具、素材《マテリアル》などが乱雑《らんざつ》に散らかっているだけだ。

しかし完成品はほとんど残っていない。

「残念……」

アイラがため息をつく。

「書物や巻物のほうは、どうだ？」

「付与魔術を研究する者には、まさに宝の山ですね。しかし、ざっと調べただけでは、聖《せい》剣《けん》に関係するようなものはありませんでした」

リウイの質問《しつもん》にアストラが答えた。

「つまり、手がかりは何もなしってこと？」

ミレルがへなへなとその場に座《すわ》りこむ。

「大問題ですね」

メリッサがうなずく。

「隠《かく》し扉とか地下室とかがあるのでは？」

シヴィルが発言した。

「ちゃんと調べたけど、なかったよ。スマックとは別々に調べたから、すくなくとも二回は当たっている」

ミレルの言葉に、密偵《みってい》のスマックが無言《むごん》で首を縦《たて》に振る。

「〈魔力感知《センス・マジック》〉の呪文をかけて回りましたが、隠されているものはありませんね。〈逆感知〉を使った罠《わな》さえないのには正直、驚《おどろ》きました」

アストラが続けた。

「そうか……」

リウイは天井《てんじょう》を仰《あお》いだ。

「手詰《てづ》まりということですか？」

シヴィルの表情が曇《くも》る。

「嫌《いや》だよ、そんなの！」

ミレルは叫《さけ》びながら立つと、古代王国時代の地図を取りだす。そして地図を照《て》らしあわせながら、一部屋ずつ間取《まど》りを確認していった。

「地図に載《の》っているとおりかぁ……」

地図と間取りとを比べてみて、一致《いっち》していなかったら隠し部屋の存在も期待できたのだが……

「お手上げなのかなぁ」

ミレルは地図を放り投げようとする。

だが、その動きがぴたりと停《と》まった。

そして地図を開きなおすと、一点をじっと見つめる。

「どうしたんだ?」

ジーニがミレルに近づいてゆく。

「うん、ここなんだけど……」

そう言ってミレルは、地図の一箇所《いっかしょ》をジーニに指で示《しめ》す。

「そこは、この屋敷の中庭だな。何回か見てまわったが、何もなかったぞ。樹木《じゅもく》が立ち枯《か》れていたぐらいで……」

「でも、ほら、地図には小さな四角が描《か》いてあるじゃない」

「たしかに、な」

地図を覗《のぞ》きこんで、ジーニはうなずく。

「何か見つかったのか?」

ふたりの会話が耳に入って、リウイがやってくる。

「屋敷の中庭に、地図には建物みたいなものが記《しる》されているんだけど、今はないの……」

「もしかしたら、地下室でもあるのかもしれないな」

ミレルの答えに、リウイはつぶやく。

「調べてみましょう」

シヴィルが勢《いきお》いこんで言った。

そして全員で屋敷から中庭へと出る。

外は太陽の光がまぶしく輝《かがや》いていて、白い雲の塊《かたまり》がいくつか浮かんでいた。正午はすぎていたが、夕方になるまでには、まだ時間はたっぷりとある。

野営《やえい》するのは三日までとリウイは決めていたのだが、どうやらもう一泊《いっぱく》するのは確実《かくじつ》なようだ。

それこそ臨機《りんき》応変《おうへん》というもので、リウイたちとて、五日分の糧食《りようしよく》は持ってきている。

十人の冒険者は地図に記されているあたりを中心に、中庭を掘《ほ》り返してみた。

しかし、かなり深く掘っても、人工物は見つからない。

「写しを作るときに、間違えたんじゃないか？」

リウイが作業を中止して、もう一度、地図を覗きこんだ。

「それは、ありません。写しを作ったのは、見習い魔術師ですが、僕が作業《さぎょう》の監督《かんとく》をしました。ヴァンの屋敷は重要《じゅうよう》な箇所《かしょ》ですから、とくに注意をしています」

アストラが憮然《ぶぜん》とした顔で言った。

「それじゃあ、一度、建てられたものの、撤去《てっきょ》されたのかな……」

リウイは首をひねる。

「そんなぁ～」

ミレルはがっくりとうなだれる。

あきらめかけていたところを、必死になって見つけだして、最後の期待をこめての作業だっただけに、疲労《ひろう》が倍増《ばいぞう》したような気分だった。

「地上にも地下にもないなんて……」

ミレルは泣きそうな声をあげながら、仰向《あおむ》けに地面に転がった。

「これまで、ですか……」

シヴィルが悔《くや》しそうに唇《くちびる》を噛《か》む。

「最初からないものは、捜《さが》しようがないからな」

リウイもさすがに、あきらめるしかないと思った。

しかし、そのとき――

「リウイ……」

ミレルが呆《ほう》けたような声をあげた。

「どうした？」

リウイは黒髪《くろかみ》の少女を振り返る。

と、彼女は仰向けに転がったまま、空の一角をまっすぐ指差していた。

「あの黒いの、いったい何かな？」

「黒いの？」

リウイはいぶかしむように、ミレルが指差す先に視線を向ける。

確かに、青空の一角に黒い染《し》みのようなものがある。

最初、それは鳥かと思ったが、しばらく見つめていても、まったく動かない。

「アイラ、遠見《とおみ》の魔力であれを確かめてくれないか？」

リウイは空を見上げたまま言った。

「まかせて……」

アイラは言うと、合言葉を唱えて魔法の眼鏡《めがね》の遠見の魔力を発動《はつどう》させる。

そして空を見上げた。

「……大当たりよ」

しばらくしてから、アイラは言った。

自分が見ているものが信じられないという声だった。

「あれ、建物だわ……」

「どうして、そんな場所に建物が？」

神聖《しんせい》魔法の使い手エメルが、眉《まゆ》をひそめる。

「あの建物だけ、落ち損《そこ》ねたのではないですか」

ダニロがなげやりに言った。長時間、穴掘《あなほ》りをつづけ、そのあげくのこの展開《てんかい》だけに、身心ともに疲《つか》れているのだろう。

「もしかしたら、最初から浮《う》かせていたのかもしれませんね。都市を浮かせるぐらいなんですから、建物のひとつぐらい簡単《かんたん》でしょう」

アストラが意見を言った。

「だとしたら、ますます期待大ね。屋敷のほうには、魔法の宝物はほとんどなかった。あの建物が宝物庫《ほうもつこ》だとしたら、辻褄《つじつま》があうわ」

アイラが表情を輝《かがや》かせる。

「空の上にあれば、めったなことでは盗《ぬす》みに入れませんものね」

アストラが感心したようにうなずく。

「〈飛行《フライト》〉の呪文は使えます。僕が調べてみましょう」

「それは危険《きけん》だと思うわ。あの建物が宝物庫だとしたら、守りは厳重《げんじゅう》だと思う。しかも、守衛《ガーディアン》らしき金属《きんぞく》像が入口にいる。それも飛竜《ワイバーン》の姿《すがた》をしているのが」

アイラが言った。

「魔法像《ゴーレム》だろうな」

リウイがつぶやく。

「でしょうね」

アイラが空を見上げたまま、相槌《あいづち》をうった。

「ゴーレムですか……。それでは僕の手には負えませんね……」

アストラが悔《くや》しそうな顔を見せる。

ゴーレムには魔法に強い耐性《たいせい》を持つものがいる。

「わたしも同様《どうよう》。〈命令解除《ディスペル・オーダー》〉の呪文が使えたら、シャザーラの力を借《か》りてなんとかなったのでしょうけど……」

アイラはお手上げというような仕草《しぐさ》を見せる。

「なら、オレの出番だな」

リウイはにやりとする。

「あら、〈飛行〉の呪文は使えるの？」

「最近、ようやく使えるようになった。だが、ゴーレムとの空中戦は、さすがのオレも自信がないな」

「なるほど、奥の手を使うのね」

アイラがにっこりと微笑《ほほえ》む。

「そういうことだ……」

リウイはうなずくと、おもむろに古代語魔法の呪文を唱えた。そして呪文が完成すると、小さな石板《せきばん》が彼の手の上に出現《しゅつげん》する。

〈転送《アポート》〉の呪文を使ったのだ。

リウイは石墨《せきぼく》で短く文章を書き記《しる》すと魔法を解《と》き、もとの場所に送り返した。

「これでよし、と……」

リウイは石墨で汚《よご》れた手をはたきながら言う。

「何をしたんですか？」

興味《きょうみ》を覚えて、アストラが訊《たず》ねる。

「待っていたら分かるって」

ミレルが、離《はな》れた場所から声をかける。

彼女は三人の魔術師が、専門《せんもん》的な会話をするのに、うんざりとしていたのだ。

そしてその言葉どおり、しばらく待つと、リウイがいったい何をしたかは誰の目にも明らかになった。

空の彼方《かなた》から、赤い鱗《うろこ》をした生き物が飛来《ひらい》してきたのだ。

「火竜《ファイアドラゴン》！」

その生き物の正体に気づいたシヴィルが、そう言ったきり、言葉を失う。

「嘘《うそ》でしょ」

エメルも顔色をなくす。

「初めて見る……。いや、最後に見るものかな」

ダニロが自嘲《じちょう》の笑みを浮かべる。

「建物のなかに避難《ひなん》しましょう」

スマックがシヴィルを急《せ》かそうとした。

「ご心配は無用です。あの竜《りゅう》は、わたしたちの仲間ですから」

メリッサがシヴィルたちに説明する。

「竜が、仲間？」

シヴィルは呆然《ぼうぜん》となって、ジーニを振り返る。

「ジーニ殿《どの》、それは本当なのですか？」

「ああ、本当だ。くわしい話をすれば、長くなるがな」

「あなたがたは、いったい何者なのです？」

シヴィルは、ため息をついた。

「冒険者《ぼうけんしゃ》だな。ただ、普通《ふつう》と違《ちが》うのは、あの男が一緒《いっしょ》にいることだ……」

ジーニが苦笑《くしょう》まじりに言った。

「リウイ王子が……」

シヴィルは嚙みしめるように言った。

「時間があるときでけっこうです。あなたがたの冒険談、ぜひお聞かせください」

「ああ、分かった」

ジーニはうなずく。

そのあいだに、火竜はゆっくりと降下《こうか》してきた。

「待たせたな、ティカ」

リウイが手を振りながら、呼びかける。

「いえ、今回は呼ばれないと思っていたから……」

意外でした、とティカと呼ばれた娘《むすめ》は無表情《むひょうじょう》に答えた。

「オレもそう思っていたんだ。でも、遺跡《いせき》の近くで待機《たいき》してもらって助かったぜ」

リウイは言って、ティカに事情を説明する。

「なるほど、それはクリシュの力が必要ですね」

ティカは納得《なっとく》し、赤い鱗《うろこ》の竜の背《せ》から降《お》りる。

代わって、リウイが竜の背にまたがった。そして上空に浮かぶ建物に向かって、舞《ま》い上がってゆく。

そんなリウイの姿を、シヴィルはまぶしそうにしながら見つめていた。

そして、

「わたしがあの方に追いつける日は来るのでしょうか？」

と、ジーニに訊ねた。

「さて、な」

シヴィルの問いに、ジーニは苦笑を浮かべた。

「良くも悪くも、あの男は常識《じょうしき》というものを超越《ちょうえつ》しているからな。追いつくとか追いつかれるとか、考えなくてもいいかもしれない」

「だったら、なおさら……」

シヴィルは目を輝かせながら言った。

「わたしは、あの人に追いつきたいと思います。常識などというものを超えて、どこまでも高く飛翔《ひしょう》してみたい……」

シヴィルはそう言うと、空高く舞うリウイの姿をいつまでも追いかけつづけていた。

2

蝙蝠《こうもり》のそれに似《に》た翼《つばさ》が大きく羽《は》ばたかれる。そのたびに、赤い鱗がしゃらりと音を立てる。

(また、一回り大きくなったな)

リウイは久し振りにまたがる幼竜《ドラゴンパピー》の長い首を見つめながら思った。

痩《や》せた印象もあった身体には肉がつき、内側から張《は》り裂《さ》けんばかりに感じられる。

(脱皮《だっぴ》するのも、そう遠いことじゃないのかもな)

リウイは思った。

そのときには、リウイが埋《う》め込《こ》んだ竜の爪《つめ》の呪縛《じゅばく》が解《と》けることになる。クリシュはリウイの支配《しはい》から逃《のが》れ、自由を取り戻《もど》すのだ。

おそらく、激《はげ》しい怒《いか》りが向けられることになろう。リウイは竜の爪を成竜《レッサードラゴン》となったクリシュに埋め込んで、ふたたび支配しなければならないのだ。

(オレももっと強くならないとな)

クリシュにまたがるたびに、リウイは心を新たにする。

将来《しょうらい》は対決《たいけつ》すると分かっている火竜だが、今は心強い相棒《あいぼう》だ。

古代王国の時代から空中に浮かびつづける宝物庫と思《おぼ》しき建物を目指して、リウイは高度をあげてゆく。そしてリウイは建物へと到達《とうたつ》した。

だが、そこでは停《と》まらず、建物の周囲を旋回《せんかい》し、あらゆる角度からじっくりと観察《かんさつ》した。

倉庫とはいえ、小さな住居《じゅうきょ》ぐらいの大きさがある。

建物の土台部分は逆四角錐《すい》になっており、予想《よそう》したとおり、古代王国時代から空中に浮かんでいたようだ。

屋敷のほうが都市ごと落下《らっか》したので、遥《はる》か上空に留《とど》まることになったのだ。

「ここなら、盗掘《とうくつ》される心配はなさそうだな」

リウイは声に出す。

「さて、あとはどんな守衛《ガーディアン》や仕掛《しか》けを残しているか、だが……」

建物の入口には、二体の翼竜《ワイバーン》の彫像《スタチュー》がある。材質は何かの金属。その二体はいかにも魔《ゴー》法像《レム》に見える。

他は、一見しただけでは分からない。

「万物《ばんぶつ》の根源《こんげん》、万能《ばんのう》の力……」

リウイは魔力の発動体《はつどうたい》である小振りの棒杖《ワンド》を腰から抜くと、それを眼前《がんぜん》に構《かま》える。そして精神を集中させた。

そして〈光の矢《エナジーボルト》〉の呪文を完成させた。二条《じよう》の光が二体の翼竜の彫像に真《ま》っ直《す》ぐに伸《の》びてゆく。

狙《ねら》いは違《たが》わず、光の矢は魔法像を貫《つらぬ》く。その瞬間《しゅんかん》、像がまるで生き物のように動いた。

(ま、そんなところだろうな)

リウイは不敵《ふてき》な笑みをもらす。

どうせ戦うことになるのなら、最初に一撃《いちげき》でも与えておいたほうがいいに決まっているのだ。

「行くぜ、クリシュ!」

リウイは声に出して言った。

(あいつらは、喰《く》いたくないぞ)

火竜《ファイアドラゴン》の意志《いし》が返ってくる。幼竜はまさに食欲《しょくよく》の塊《かたまり》だ。困《こま》ったことに、この竜は人肉の味を覚えており、それが妙《みょう》に気に入ってしまっているのだ。メリッサとアイラのふたりはとくに美味《おい》しそうに見えるらしい。

「喰いたくなくても戦うんだ。竜の姿を模《も》している不遜《ふそん》さを思い知らせてやれ！」

リウイは拍車《はくしゃ》をかけるように、踵《かかと》で竜の肩に軽く蹴《け》りを入れる。

竜にとっては、さほどの苦痛《くつう》ではなかっただろうが、クリシュは激《はげ》しく咆哮《ほうこう》した。怒りと憎《にく》しみが、彼の心のなかで膨《ふく》れあがってゆく。

しかし、それを主人であるリウイに向けることはできない。当然、それは空に舞いあがってきた二体のワイバーンゴーレムに叩きつけるしかない。

クリシュは翼を折りたたんで急降下すると、魔法像の一体に炎《ほのお》を吐《は》きかけた。火竜の炎はこの世でもっとも熱い炎とされ、真銀《ミスリル》さえも溶《と》かす。そして魔法像は青銅製《せいどうせい》だったようで薄《うす》い翼の部分がほとんど一瞬にして形を失った。

たちまち、地面へと落下してゆく。

もう一体のゴーレムはすれ違いざまに、リウイに向かって牙《きば》を向けてきた。リウイはその頭を拳《こぶし》で払《はら》いのける。

それから、思いだしたように剣を抜いた。実父であるオーファン王リジャールから与《あた》えられた魔力を帯《お》びた剣である。柄《つか》にはオーファン王家の紋章《もんしょう》を刻印《こくいん》した装飾《そうしょく》が追加されている。

クリシュは大きく翼を広げ、旋回《せんかい》した。

ワイバーンゴーレムも方向転換《てんかん》しはじめているが、クリシュほどの器用《きよう》さはない。リウイはクリシュに合図を送り、ゴーレムの後方へと回り込ませた。

「炎を！」

リウイは叫《さけ》んだ。

クリシュは返してきた。

(疲《つか》れる。爪だ！)

「いいだろう。切り刻《きざ》んでやれ」

リウイは苦笑する。

炎を吐くのは幼竜であるクリシュにとって負担《ふたん》なのだろう。

ワイバーンゴーレムは首だけを巡《めぐ》らせて反撃《はんげき》してくる。しかし、クリシュはその首を、両足の爪でがっしりと摑《つか》んだ。

ゴーレムは身体をくねらせて逃《のが》れようとするが、クリシュの爪は青銅の身体に深く食いこんでいた。

クリシュは翼に嚙《か》みつき、もぎとろうと首を捻《ひね》る。ゴーレムの翼が軋《きし》みながら、あらぬ方向に曲がりはじめた。

やがて翼はねじ切れて、クリシュはそれをぺっと吐きだす。

(不味《まず》い……)

クリシュの心の声が、リウイに伝わってきた。

竜は胃に入ったものなら、すべてを消化《しょうか》し、栄養《えいよう》に変えることができる。だが、味覚《みかく》は別物ということだ。

「もういいだろう。ゴーレムを投げ捨ててやれ」

リウイは声をかけた。

(承知《しょうち》……)

クリシュは魔法像《ゴーレム》の首を捕《と》らえていた爪を開いた。

片翼《かたよく》を失った魔法像は木の葉のように揺れながら、地面へと落ちていった。完全に破壊《はかい》できたかどうかは分からないが、もはや脅威《きょうい》ではない。

「意外にあっけなかったな……」

その様子を見ながら、リウイは首をかしげた。

魔法王の鍛冶師《かじし》とまで言われた付与魔術師《エンチャンター》の宝物庫《ほうもつこ》にしては、守衛《ガーディアン》があまりにも手応《てごた》えがなかったからである。

貴重《きちょう》な宝物が収められていないのではないか、と不安になるほどだ。

「建物につけてくれ」

リウイはクリシュに声をかけた。

ゴーレムを倒したことで満足しているのか、クリシュは素直《すなお》に空中に浮かぶ建物に上から近づいてゆく。

リウイは革帯《ベルト》を外し、鞍《くら》から自由になると、建物の入口の前へと降り立った。

「ティカのもとへ戻ってくれ。必要になったら、また呼ぶから」

リウイのその命令に、クリシュは大人しく従《したが》い、翼をはためかせながらゆっくりと下降していった。

「さて、と……」

リウイは宝物庫と思《おぼ》しき建物の扉と向かいあった。

両開きの鉄製《てっせい》の扉だが、錆《さび》はまったく浮いていない。

「魔法によって護《まも》られているからだな」

リウイはつぶやいた。

「オレの魔力で解除《かいじょ》できるとは思えないが……」

魔術師としての実力では、アイラにもアストラにも劣《おと》る。〈解錠《アンロック》〉の呪文を試《こころ》みても、成功する確率は低い。だが、魔法の罠が仕掛けられている可能性もあるから、ふたりに危険を冒《おか》させるわけにもゆかない。

罠の有無《うむ》を調べるために、リウイは〈解錠〉の呪文をかけようと決めた。罠がないと分かり、そして扉が開かなかったときにはアイラに来てもらえばいい。

「万物《ばんぶつ》の根源《こんげん》、万能の力……」

リウイは〈解錠〉の呪文を唱える。

そして呪文は完成し、鉄製の扉が重々しく軋《きし》みながらも、ゆっくりと開いた。

「開いた……のか」

リウイは呆然《ぼうぜん》となる。

特に魔力を拡大《かくだい》したわけでもなかったので、本当に開くとは想像《そうぞう》もしなかったのだ。

「あまりにも無防備《むぼうび》だな……」

リウイは拍子抜《ひょうしぬ》けしながらも、建物のなかへと足を踏《ふ》み入れた。

建物の内部を調べ、危険を排除《はいじょ》する。手に負えないようなら、仲間たちにここまで来てもらうしかない。

「しかしこの調子なら、その必要はないかもな……」

リウイは魔法の明かりを棒杖《ワンド》の先に灯《とも》すと、その明かりを頼《たよ》りに建物の内部を順に調べはじめた。

扉を入ったところは短い通路となっており、左右に延《の》びる別の通路にぶつかる。その正面には扉があり、リウイはまずその扉を開けて部屋に入った。

そこは何かの作業場のような大部屋で正面と左右にも扉がある。

部屋には付与魔法で使用される様々《さまざま》な素材《そざい》が散乱《さんらん》していた。そのなかには、書物や巻物なども混じっている。

「〝魔法王の鍛冶師〟ヴァンは、きっとここで魔法の宝物を創《つく》っていたんだな……」

魔精霊アトンを滅《ほろ》ぼすための聖剣《せいけん》も、ここで鍛《きた》えられたのかもしれない。

「手がかりと言えば、手がかりだが……」

聖剣探索《たんさく》に役に立つかどうかは微妙《びみょう》なところだ。

リウイは入った扉から通路に戻る。その通路は大部屋をぐるりと取り囲む回廊《かいろう》になっていて、外側の壁には扉がいくつもあった。

リウイはひとつずつ扉を開けてゆく。

扉の向こうは、それぞれ小部屋になっていて、付与魔術のための素材置き場になっていたり、書庫《しょこ》だったりした。そして幾多《いくた》の魔法の宝物が納められた部屋も見つかった。

この建物はヴァンの魔法工房《こうぼう》であり、宝物庫というわけだ。

「ファームの剣がここで見つかったら、面倒《めんどう》がはぶけるというものなんだが……」

しかし、魔法の武具《ぶぐ》が納められた部屋は、まだなかった。リウイは残る部屋をひとつひとつ調べてゆく。

そして、リウイは書斎《しょさい》と思《おぼ》しき部屋に足を踏み入れた。

大きな机があり、長椅子《ながいす》も置かれている。部屋には紙が散乱《さんらん》し、そこには走り書きや線《せん》画《が》が記されている。

部屋の主は、片付けは苦手だったらしい。

「ここがヴァンの使っていた部屋だとしたら……」

貴重《きちょう》な物が残されているかもしれない。

リウイはこの部屋だけは、じっくりと調べてみることにした。

散乱した紙をひとまとめにし、一枚ずつざっと目を通す。机の上や棚《たな》にある物も、ひとつずつ観察《かんさつ》してゆく。

そして——

「こいつは？」

リウイは机の引き出しから、表面にレリーフが施《ほどこ》された真銀《ミスリル》製の金属盤《きんぞくばん》を見つけた。

「このレリーフ、世界地図になっているのか……」

そこにはアレクラスト大陸だけでなく、南の呪《のろ》われた島やもっと南の〝遠き大地〟まで載《の》っている。そして世界地図の所々には、赤い光が点滅《てんめつ》していた。

「なんだろう、この光は？」

リウイは首をかしげ、金属盤の裏側《うらがわ》を調べてみる。

そこには、上位古代語《ハイ・エンシェント》が何十行かに亘《わた》って刻《きざ》まれていた。

「何かの一覧表《リスト》みたいだけどな……」

番号は記されていないが、一行ずつが固有名詞《こゆうめいし》となっている。

そして、そのいちばん下には――

「魔法王ファーラムシアを素材《マテリアル》とせし大剣《グレートソード》……」

読みあげるリウイの声が、思わず震《ふる》えた。

「もしかして、この金属盤はヴァンが創造《そうぞう》した魔法の宝物の一覧表なんじゃ……」

リウイはあわててもう一度、表の世界地図を見つめる。

そこにはいくつもの赤い光が点滅している。

「ヴァンが創《つく》った宝物の在処《ありか》を示しているのかもしれない……」

リウイはさすがに心臓《しんぞう》が高鳴《たかな》るのを覚えた。

魔法王の鍛冶師ヴァンは、どうやら几帳面《きちょうめん》な性格だったようだ。想像もしていなかった重大《じゅうだい》な手がかりである。この光の点が示《しめ》す場所を捜《さが》してゆけば、求めるファーラムの剣に行き着くということだ。

「それはそれで、大変だけどな」

よく見ると、光の点は南の呪われた島にもひとつある。

「遥々《はるばる》、海を越《こ》えないといけないわけか……」

リウイは苦笑《くしょう》を洩《も》らした。

光の点は他にも、大陸各地に散らばっている。だが、すべてが遠い場所にあるわけではなかった。この堕《お》ちた都市が位置している場所にも、赤い光がひとつ点滅している。

「この建物にあるのかもな……」

一覧表を見るかぎり、ヴァンは武具しか創造していないような気がした。それゆえ与えられた魔法王の鍛冶師の称号《しょうごう》なのだろう。

だが、武具のようなものはまだ発見していない。

リウイはこの書斎と思しき部屋を、もう一度、調べてみたが、やはり剣や鎧《よろい》は見つからなかった。

「まだ調べていない部屋もあるからな……」

リウイはその部屋を後にし、隣《となり》の部屋へと移る。だが、そこにも魔法の武具は置いていなかった。

そしてリウイはいよいよ最後の扉の前に立った。

〝ファーラムの剣〟を見つけたわけではないが、考え得るかぎり最高の手がかりは見つけだした。オラン王やマナ・ライ師には、朗報《ろうほう》を持ち帰ることができる。

ガーディアンも入口に二体いただけだったし、入口の扉にかけられていた魔法の錠《じょう》も強固な物ではなかった。魔法の罠《わな》も、今のところひとつもない。おかげで、ひとりで建物全体を一通り調べることができた。

二体のワイバーンゴーレムはクリシュが倒したようなものだし、リウイはほとんど苦労はしていない。

「物足りないぐらいだぜ……」

リウイは苦笑を洩らしながら、扉を開けた。

そこはまるで空き部屋かと思うほどにがらんとしている。ただ部屋のいちばん奥に、人影のようなものがあった。

「ガーディアンか？」

リウイは目を凝《こ》らして、その人型のものを見つめる。そして、それが全身鎧であることを知った。しかも、一振りの剣を手にしている。

「もしかして、こいつが……」

魔法王の鍛冶師ヴァンが創った魔法の武具なのかもしれない、とリウイは思った。ファーラムの剣という可能性《かのうせい》すらありうる。

「出来すぎだぜ」

リウイはひとしきり声をあげて笑った。

「さて、いったん仲間たちのところへ戻るとするか」

危険がないことも確認できたし、あとは必要な物を選別《せんべつ》して持ち帰ればいいだけだ。

「また来るぜ」

リウイは全身鎧に向かって、冗談《じょうだん》めかして声をかけた。

と、そのとき——

「……汝《なんじ》、我《わ》が宝物庫《ほうもつこ》より出ることかなわず」

上位古代語の声が返ってきた。

「なんだって？」

リウイはぎくりとする。

声は鎧のほうから聞こえてきた。

「鎧のなかに、何か隠《かく》れていたのか？」

だが、そうは見えなかった。兜《かぶと》の面頬《めんぽお》はあげられていて、その内部は空洞《くうどう》だった。

「声だけか……。それとも……」

リウイは〝忍び寄る者《ストーカー》〟を警戒《けいかい》した。

空気の動きやほんの微《かす》かな物音を逃《のが》すまいと、五感を研《と》ぎ澄《す》ます。だが、気配《けはい》のようなものは感じられなかった。

しかし、リウイはうなじにちりちりとした違和感《いわかん》を感じていた。圧倒的《あっとうてき》な敵意《てきい》、殺意《さつい》といったものが、間違いなく自分に向けられている。

そして次の瞬間——

重々しい金属音《きんぞくおん》がしたかと思うと、正面に見える全身鎧がゆっくりと動きだした。

「生ける鎧《リビングアーマー》……なのか」

リウイは目を瞠《みは》った。

だとしたら、その魔力付与者は魔法王の鍛冶師ヴァンと考えるのが自然である。

「最高の宝物が、最強のガーディアンってわけか」

だから、この工房兼《けん》宝物庫に簡単《かんたん》に侵入《しんにゅう》ができたのだ。

「いい性格をしてやがるぜ」

リウイは五百年以上前に命を落とした付与魔術師《エンチャンター》に向かって悪態《あくたい》をついた。

全身鎧はゆっくりと動き、大剣を構《かま》えた。

リウイも魔法の剣を静かに抜き放つ。

心臓の動悸《どうき》が激《はげ》しくなり、全身の毛穴が開いてゆくのを、リウイは感じた。

古代王国最高の付与魔術師が鍛えた魔法生物《コンストラクト》。同じ付与魔術師が鍛えた大剣がその手に握《にぎ》られている。

「相手にとって不足はないぜ……」

リウイは不敵な笑みを浮かべる。もっとも、相手がリウイをどう見ているかは、まったくの謎《なぞ》だ。

「滅《ほろ》びよ……」

リビングアーマーは冷たく言うと、大剣を振りかぶった。

そして電光のように振り下ろす。天井《てんじょう》と床《ゆか》の石材《せきざい》までをも断《た》ち切るような速さと破壊《はかい》力を伴《ともな》った一撃《いちげき》だった。

リウイは全身を両断《りょうだん》されたと本気で思った。

だが、硬直《こうちょく》したと思っていた身体《からだ》は、自然に動いていた。後方に飛び退《の》き、間一髪《かんいっぱつ》のところで難《なん》を逃《のが》れていたのだ。

風圧《ふうあつ》によるものか、それとも切《き》っ先《さき》が触《ふ》れたのかは分からないが、額《ひたい》からは一条の血が滴《したた》っていた。それは眉間《みけん》から鼻を伝い、唇《くちびる》へと達《たっ》する。

リウイはそれを舐《な》めとり、自分がまだ生きていることを実感《じっかん》した。

「勝てないな……」

リウイは瞬時《しゅんじ》に判断した。

「だが、負けるわけにはゆかねぇんだ」

リウイは叫ぶと、魔法の剣をリビングアーマーに投げつけた。

生ける魔法の鎧はそれを避けようともしない。リウイが投げた剣は、鎧の胸当ての部分にまっすぐに突き立った。

それぐらいで、この魔法生物が動きを止めると思ったわけではない。ただ、少しでも動きが鈍《にぶ》ってくれれば、とリウイは願った。

だが、リビングアーマーは、胸に突き刺さった剣を左手——左の籠手《こて》で無造作《むぞうさ》に引き抜くと、そのままそれを構える。そして大剣は右手の籠手一本で軽々と振りかざす。

「そういう展開《てんかい》かよ」

リウイは愕然《がくぜん》となったが、そうしていられるのも一瞬でしかなかった。

リビングアーマーは、両手に持った剣を巧《たく》みに操《あやつ》り、矢継《やつ》ぎ早《ばや》に攻撃をしかけてきた。

床も天井も壁も扉も、まったく気にする様子はない。この建物ごとリウイを破壊せんとしているかのようだ。

「おまえの主人は、どういう命令を下してやがるんだ！」

リウイは怒鳴《どな》りつける。

ここは工房であり、宝物庫なのだ。

リウイは二本の剣から逃れるため、床の上を転《ころ》がって部屋を出た。

しかし、回廊《かいろう》となっているその通路を走るのではなく、中央の大部屋の扉を拳で叩《たた》き壊し、そのなかに身を躍《おど》らせる。

リビングアーマーは扉がついていた壁を破壊して部屋を出てきた。そしてまた壁を破壊して部屋へと入ろうとする。だが、いかに魔力を帯《お》びているとはいえ、剣は建物を破壊するための武器ではない。そのあいだに、僅《わず》かずつだが時間を稼《かせ》ぐことができた。

リウイは大部屋を駆け抜け、最初に入った扉から出る。そのまま建物の入口までの短い通路を走り、開け放たれたままだった鉄の扉から表へと出た。

そこは小さな庭となっており、ワイバーンの彫像《スタチュー》がいなくなったあとの台座《だいざ》がふたつ、何かの記念碑《きねんひ》のように残されている。

さすがのリウイも息切れしていた。いつの間にか、背中にも鋭《するど》い痛みが走り、熱《あつ》いものが流れでている。

数瞬、動きが遅れていたら、リウイの身体は寸断《すんだん》されていたのだろう。

「だが、オレはまだ生きてるぜ」

リウイは不敵な笑みを浮かべ、リビングアーマーが姿を見せるのを待つ。

そして建物の入口の扉さえ破壊して、その魔法生物は何百年ぶりにか、あるいは初めてかもしれないが、陽《ひ》の光を浴びた。

不死生物《アンデッド》ならそれで崩《くず》れてくれるものもいるが、魔法の鎧は燦然《さんぜん》と輝いて、ますます力を得たようにさえ見える。

「万物《ばんぶつ》の根源《こんげん》、万能の力……」

リウイは魔法の発動体である棒杖《ワンド》を振ると、短く上位古代語の呪文を唱えた。

そして呪文をひとつ完成させると、腰にしまう時間さえ惜《お》しいというようにそのまま建物の外、遥《はる》か下の地面に向かって放り投げる。

魔力を帯びているゆえ、簡単《かんたん》に壊れたりはしない。棒杖を作った養父カーウェスはリウイの性格をよく知っているから、強固《きょうこ》な護《まも》りの魔法をかけているはずなのだ。

リウイは両の拳を構えると、挑発《ちょうはつ》するように右の拳を軽く前後させる。

「素手でおまえに勝とうなんて思っちゃいないが、あと一撃、オレはおまえの攻撃をかわさないといけないんでね。こっちのほうが、気合いが入るんだ……」

今はまだだけどな、とリウイは心のなかで続けておく。素手で戦うには限界《げんかい》があることは、十分すぎるほど承知している。だが、剣での戦いは、まだ本当に自分のものになっていない。体力でなんとか補《おぎな》っているものの、本物の剣術使いと立ち合えば、確実《かくじつ》に敗北《はいぼく》する。

魔法戦士《ルーン・ソルジャー》といえば聞こえはいいが、実際のところは剣術も魔術も中途半端《ちゅうとはんぱ》なだけだ。

（今はまだ、だ）

リウイはそう繰り返す。

二振りの剣を左右の手に持ち、リビングアーマーはもはや逃げ場がないことを知っているかのように、じりじりと間合いを詰めてくる。

その構えには寸分《すんぶん》の隙《すき》もない。鎖《くさり》で留《と》められているだけの鎧の各部は、剣の達人《たつじん》が中に入っているのかと思わせるぐらいに精密《せいみつ》に動く。魔法王の鍛冶師が、創りあげた恐るべき殺戮機《さつりくき》械《かい》だった。

その殺戮機械が振るう剣の軌《き》道《どう》を、リウイは脳裏《のうり》に何十回となく描《えが》いてみる。それから自身の身体の動きを重ね合わせてみる。

「やれる！」

リウイの脳裏に、一続きの映像《えいぞう》が浮かぶ。そのなかで彼はリビングアーマーの攻撃をかわし、相手の懐《ふところ》に飛びこんでいた。

だが、その映像はたった一通りだけ。二振りの魔法の剣に切り刻《きざ》まれ、地面に血と臓物《ぞうもつ》をぶちまけている自身の映像なら、いくらでも浮かんでくる。だが、可能性《かのうせい》はあるのだ。

そしてリビングアーマーが、ついにリウイを間合いに捕らえた。

二振りの剣が、リウイが思い描いたとおりの軌道を描いて襲《おそ》いかかってくる。

「しょせんは魔法生物《コンストラクト》だな！」

リウイは致命《ちめい》的なふたつの刃を紙一重《かみひとえ》の差でかいくぐると、魔法の鎧の胴の部分を両手でがっしりと抱《かか》えこんだ。

そしてそのまま身体を思いきり後ろにそらす。

頑丈《がんじょう》な全身鎧ではあったが、中は空洞である。渾身《こんしん》の力を込めるまでもなく、軽々と持ち上がった。

リウイはそのまま数歩下がり、背中から地面に倒れてゆく。そして鎧を後方《こうほう》へと放りなげた。

リビングアーマーが弧《こ》を描き、眼下《がんか》の遺跡へと落下してゆく。無論、リウイも踏《ふ》み留《とど》まれるはずもなく、魔法の鎧にすこし遅れて続いた。

だが、リウイは自分自身に〈落下制御《フォーリングコントロール》〉の呪文を唱えている。しばらくは、このまま落ちるにまかせ、地面に叩きつけられるより早く、速度を落とせばいいだけだった。

落下の衝撃でリビングアーマーが〝死んで〟くれたら面倒《めんどう》はない。だが、リウイの直感は、これで終わりだとは告げていなかった。

堕《お》ちた都市の遺跡《いせき》へともどってからが、本当の戦いなのだ――

3

「遅《おそ》いね……リウイ」

青い空を見上げたまま、ミレルがぽつりとつぶやいた。

「ほんと遅いわねぇ。一度、もどってくればいいのに……」

アイラが苦笑まじりにうなずく。

リウイがクリシュにまたがって空に舞《ま》い上がってから、しばらくすると翼竜《ワイバーン》の姿をした二体の魔法像《ゴーレム》が落下してきた。その二体ともまだ動いていたので、全員で協力し、破壊した。

それからしばらくすると、クリシュだけがもどってきた。

竜族《りゅう》と意思疎通《いしそつう》ができるティカが聞きだしたところでは、リウイは上空に浮かぶ建物の敷地《しきち》に降り立ったらしい。

「様子、見てきましょうか？」

ティカがそう言って、背中に竜の翼《つばさ》を生やす。竜司祭《ドラゴンプリースト》の能力のひとつ〈竜の翼《ドラゴンウイング》〉を使ったのだ。

彼女の側《そば》には今、火竜《ファイアドラゴン》の幼竜《ドラゴンパピー》がうずくまり、満足そうな寝息《ねいき》を立てている。

「それには及《およ》ばないな。どうやら、そろそろのようだ……」

ジーニが空の上から落ちてくる物を見つめながらつぶやく。そして上空から物凄《ものすご》い速さで落ちてくる細長い物を狙《ねら》いすまして捕獲《キャッチ》した。

「棒杖《ワンド》ですわね。古代語魔術を発動させるための……」

それが何かを確かめてから、メリッサが驚きの声をあげる。

「そんな大切な物をどうして投げ捨てるかな」

アイラがため息をついた。

「魔術では解決《かいけつ》できない事態《じたい》になったからだろうな……」

ジーニがぼそりと言う。

「今度は何が落ちてくるのかしら……」

アイラは不安そうに空を見上げる。

と、何かがきらりと輝いたように見えた。

「来るぞ！」

ジーニが警告《けいこく》の声をあげた。

その声を聞き、シヴィルたちが戦闘態勢《せんとうたいせい》を取る。

やがて、落下してくる物は、ふたつだと分かった。ひとつは銀色に輝く金属《きんぞく》の塊《かたまり》、もうひとつはあきらかに人間だった。

「リウイ！」

アイラが悲鳴をあげる。

「万物の根源、万能の力……」

そして落下制御の呪文を唱えようと、上位古代語を詠唱《えいしょう》する。

だが、アイラが見つめる先で、リウイの落下速度が突然《とつぜん》、遅くなった。それを見て、アイラはほっと息をつき、呪文を中断《ちゅうだん》させる。

リウイもただ落下してきただけでなく、しっかりと魔法で備《そな》えていたわけだ。

そして金属の塊と見えたものが、激しい地響《じひび》きをあげて中庭に落下《らっか》した。

「鎧……なの？」

アイラは呆然《ぼうぜん》とつぶやく。

それは白銀《はくぎん》の金属光沢《こうたく》を放つ全身鎧だった。だが、中に人が入っているような気配《けはい》はない。

「ただの鎧ではなさそうだな……」

ジーニは目を細めて、それを見つめる。

鎧は両手にそれぞれ一振りずつ剣を握っていた。そして落下の激しい衝撃にも、それを離《はな》さなかった。

「そいつは、生ける鎧《リビングアーマー》だ！　手強《てごわ》いぞ!!」

上空からリウイが大声で呼びかけてきた。彼は二階から飛び降りるぐらいの速度で、落下を続けている。

「心得《こころえ》ました……」

シヴィルが剣を抜き、楯《たて》を構える。戦士のダニロが、彼女の隣《となり》に並ぶ。

ジーニはひとり反対側に回りこんだ。

「うっ、あたしの出番なさそう……」

ミレルが悲しそうな顔をする。

あまり大人数で取り囲むと同士討《どうしう》ちの危険《きけん》があるし、なにより彼女の武器では金属鎧には刃《は》が立たない。鎧の隙間《すきま》を狙おうにも、中には誰もいないのである。

やがて魔法の全身鎧は、ゆっくりと立ち上がった。

そしてほとんど同時に、リウイが地面に降り立つ。

「ひどい怪我《けが》……」

アイラがリウイの様子を見て、息を呑《の》んだ。

リウイは背中や額《ひたい》から激しく出血している。

「偉《い》大《だい》なる戦神マイリーよ」

メリッサがすかさず癒《いや》しの奇《き》跡《せき》を行使《こうし》する。

「オレはジーニたちの武器に〈魔力付与《エンチャント・ウエポン》〉の呪文をかける。アイラは〈防護《プロテクション》〉の呪文を頼《たの》む。アストラは、リビングアーマーに直接、魔法攻撃をしかけてくれ」

リウイが大声で指示を与えた。魔術師が三人もいるので、役割分担《やくわりぶんたん》をしっかりしておかないと、呪文が無駄《むだ》に重なってしまうのだ。

「分かったわ」

「承知《しょうち》しました」

アイラとアストラはうなずくと、リウイの指示どおりの呪文を唱える。

そのあいだにリビングアーマーは取り囲んでいる三人の戦士たちに向かって、猛然《もうぜん》と攻撃を始めていた。

二振りの剣を風車《かざぐるま》のように振り回し、あるいは閃光《せんこう》のように突きを入れてくる。

「なるほど、手強い……」

リビングアーマーの二段攻撃を楯で防ぎ、剣で受け流しながら、シヴィルが呻《うめ》いた。

間合いを詰めて反撃をしたいのだが、まったくできない。それほど、リビングアーマーの一撃が強く早いのだ。

「ジーニ殿《どの》！　わたしとダニロで攻撃をひきつけます。背後から隙《すき》を突けませんか？」

「難《むずか》しいな、こいつは背中にも目があるようだ」

シヴィルの叫びに、ジーニは首を横に振る。

戦いがはじまった瞬間《しゅんかん》から、ジーニはそれを狙《ねら》っているのだが、リビングアーマーはそのたびに振り返り、猛烈《もうれつ》な攻撃を加えてくる。さしもの彼女も、大剣でそれを凌《しの》ぐのがやっとなのだ。

「魔法にも耐性《たいせい》があるようです。効《き》いた気がしません！」

〈光の矢《エナジーボルト》〉の呪文を数度、唱《とな》えたあと、アストラが悔《くや》しそうに首を横に振った。

「さすが、魔法王の鍛冶師《かじし》が創《つく》った魔法生物《コンストラクト》だな……」

リウイがつぶやく。

「感心している場合じゃないでしょ」

アイラが悲鳴にも似《に》た声で言う。

「ああ、このままじゃあ、ジーニたちが保《も》たない。人間には体力の限界《げんかい》ってものがあるからな……」

防戦一方の展開《てんかい》を打開しないかぎり、勝機《しょうき》はない。

「どうすればいい？」

リウイは自問《じもん》した。

魔法に耐性があり、攻撃しようにも間合いに入れない。そして、これ以上、人数をかけて戦うこともできない。すでに三人が取り囲んでおり、十分な空間がないからだ。

「他には何がある？」

メリッサとエメルのふたりの神官は、癒しの魔法のために待機《たいき》してもらうしかない。ミレルとスマックも戦いには加われない。三人の戦士の誰かが倒れたときには、交替《こうたい》で入ってもらうことになるが、そんな事態《じたい》は絶対に避《さ》けたい。アイラとアストラの高い魔力も、役に立たない。そして援護《えんご》魔法はすでにかけている。

「残っているのは……」

竜司祭《ドラゴンプリースト》のティカと火竜《ファイアドラゴン》の幼竜《ドラゴンパピー》クリシュ——

「そしてオレだ」

だが、リウイの魔力ではリビングアーマーに傷《きず》ひとつつけられないし、三人の戦士たちの誰かと交替しても状況がよくなるとは思えない。むしろ逆だろう。

「くそっ!」

リウイは自分自身に怒《いか》りを叩《たた》きつけたかった。

「ジーニ殿、三人で同時にかかりましょう。もはや、それしか……」

シヴィルが疲労《ひろう》を色濃《いろこ》く感じさせる声で言った。

「そうだな……」

ジーニが一瞬、微笑《びしょう》を浮かべた。

「覚悟《かくご》はできております」

ダニロが言う。

三人の戦士は、誰かが犠牲《ぎせい》になることを覚悟したのだ。一人あるいは二人が倒れても、残る一人がリビングアーマーに致命《ちめい》的な一撃を与《あた》えられれば、と考えたのだろう。

「待ってくれ!」

リウイはあわてて叫んだ。

「オランには全員で戻るんだ。このぐらいのことで誰かが欠けるようじゃ、オラン王やマナ・ライ師はきっと落胆《らくたん》する!」

「それは分かりますが、このままでは埒《らち》があきません」

シヴィルが叫ぶ。

「三人でダメなら、四人でかかるまでだ」

リウイは答えると、おもむろに上位古代語《ハイ・エンシェント》の呪文を唱えはじめた。

「……不可視《ふかし》の翼《つばさ》となれ」

そして〈飛行《フライト》〉の呪文を完成させる。

これ以上の人数で取り囲むことはできない。しかし、リビングアーマーの頭上にはもうひとり入れる空間があるのだ。

「オレが上から、牽制《けんせい》をかける」

リウイはジーニたちに呼びかけた。

「なるほど、その手が……」

シヴィルは素直《すなお》に感心する。

言われてみれば、誰にでもできる発想《はっそう》である。だが、この状況でそれに思い至《いた》るということが、経験《けいけん》というものなのだろう。

そして最後まで絶対にあきらめない不屈《ふくつ》の精神《せいしん》。

わたしたちが学ばねばならないことは、まだまだ多い、とシヴィルは思った。

「武器を……」

ティカが心得たように、リウイに長槍《ロングスピア》を手渡す。

「万物《ばんぶつ》の根源《こんげん》……」

アイラがすかさず武器に魔力を与える。

クリシュに乗って攻撃するときのための武器だ。普通の長槍に比《くら》べても、倍近い長さがある。だが、リウイの腕力《わんりょく》なら、それは十分に操《あやつ》れる。この場合、間合いの長さが重要《じゅうよう》だった。

リウイはふわりと舞い上がり、リビングアーマーの頭上に移動する。そして槍で突きかかっていった。だが、足が地に着いておらず安定していないので、強くは突けない。

牽制にもなればと思ったが、リビングアーマーは、リウイの攻撃など気にした様子もない。槍の穂先《ほさき》が当たっても、魔法の鎧の表面を滑《すべ》るだけだ。

「それなら！」

リウイはいったん高く舞いあがると、見えざる翼を折りたたんで急降下を試《こころ》みる。落下速度を利用して、突撃《とつげき》を行ったのだ。

（無視《むし》できるものなら……）

してみやがれ、とリウイは心のなかで叫ぶ。

その叫びを聞き取ったように、リビングアーマーは二振りの剣を真上《まうえ》に突きあげてきた。

リビングアーマーは、もっとも危険な攻撃を正確に判断《はんだん》し、対処《たいしょ》するように魔法がかけられているのだろう。

（そうこないとな！）

リウイにとっては絶体絶命《ぜったいぜつめい》の状況だが、ジーニたち三人の戦士にとっては大きな隙《すき》ができている。

三人がそれを逃《のが》すはずがない。

リビングアーマーに三人の剣が、次々と突き刺さった。

リウイは心のなかで快哉《かいさい》を叫ぶ。

（これで勝ったぜ！）

無論、自分を犠牲にするつもりもない。リウイは長槍の石突き《いしづ》きに近いところを片手で持ち、松明《たいまつ》を掲《かか》げるようにまっすぐに伸ばした。

そして拳に力を込める。右腕一本で全身を支《ささ》えようというのだ。だが、リウイには勢《いきお》いがついているし、体重もある。

リウイの手は槍の柄《え》を滑り、刃に向かって頭から突っ込んでいった。

「うおおっ！」

リウイは獣《けもの》のように吠《ほ》えると、力の限《かぎ》りを振り絞《しぼ》った——

そして気がつけば、二振りの剣は、彼の眼前《がんぜん》でぴたりと止まっていた。正確には自分のほうが止まったのだが、リウイにはそうとしか感じられなかったのだ。

リウイは見えざる翼を羽ばたかせて、地面にゆっくりと降り立つ。

三本の剣に前後から、そして頭上から槍《やり》に貫《つらぬ》かれて、さしもの魔法の鎧《よろい》も動きを止めていた。

「無事《ぶじ》なのね？」

アイラが涙《なみだ》を滲《にじ》ませながら、リウイに駆《か》け寄ってくる。

「やったね！」

ミレルが歓声《かんせい》をあげながら、恋敵《こいがたき》の女性魔術師《ソーサリス》を追い抜く。

「なんとか、な……」

リウイはさすがに疲労困憊《ひろうこんぱい》しており、その場にしゃがみこんだ。

全身から汗《あせ》が噴《ふ》きだし、右腕ががくがくしている。このままだと、陶器《とうき》のようにヒビが入り、砕《くだ》けてしまいそうな感じだった。

だが、ミレルが容赦《ようしゃ》なくリウイの首に抱《だ》きつき、アイラも負けじと彼の左腕を取って、自らの胸に押《お》し抱く。

「この生ける鎧《リビングアーマー》は、宝物庫《ほうもつこ》の守衛《ガーディアン》なのですか？」

シヴィルが荒《あら》い息で訊ねてくる。

「いや、そいつこそが宝物なんだ。魔法王の鍛冶師ヴァンが鍛えた魔法の鎧と剣……」

リウイは宝物庫であった出来事《できごと》を、すべて彼女に話して聞かせた。

「……金属盤にヴァンが創《つく》った魔法の武具の一覧表《リスト》が？」

リウイの話を聞いて、シヴィルは表情を輝《かがや》かせた。

「最高の手がかりではないですか！　我々はそれをひとつずつ訪《たず》ねまわればいいだけ」

シヴィルは、興奮《こうふん》が抑《おさ》えきれないといった様子だった。

「魔法の宝物は、世界各地に散らばっているから、そう簡単《かんたん》でもないけどな。もっとも遠い場所にあるのは、大陸の遥《はる》か南の海に浮かぶ呪《のろ》われた島なんだぜ」

「呪われた島ロードス！」

リウイの言葉に、シヴィルの顔から血の気が失せる。

「戦乱《せんらん》が絶《た》えず、怪物《かいぶつ》が跳梁《ちょうりょう》するという……」

「そういう噂《うわさ》だな。海を越《こ》えて渡《わた》るだけでも大変だろうし……」

リウイが他人事《ひとごと》のように言う。

しかし、彼の心のなかでは、聖剣探索《せいけんたんさく》の最初の場所として、もっとも遠隔《えんかく》の地であることの呪われた島へ赴《おもむ》こうとの決意《けつい》が固《かた》まりつつあった。最大の困難《こんなん》に挑《いど》もうとする気力こそが、これから予想される過酷《かこく》な試練《しれん》の旅には、必要だという気がするからだ。

「この剣が、目的の聖剣ならいいのにね……」

リビングアーマーが手にしている大剣を見つめながら、アイラがため息をつく。

「可《か》能性《のうせい》がないわけじゃないが……」

リウイは苦笑《くしょう》した。

「あまり期待しないほうがいいだろうな」

この大剣は全身鎧と一組で考えたほうがいいはずだ。

リウイは立ち上がると、鎧の側《そば》まで歩き、長槍《ロングスピア》を引き抜いた。と、ゆっくりとではあるが自動修復《しゅうふく》されてゆく。

「まだ生きてるのかよ！」

リウイは叫び、思わず槍を構えた。

しかし、しばらく待っても鎧が動きだす気配はなかった。

「ただの魔法の鎧になったのかしら？」

アイラが眼鏡《めがね》をかけなおして、じっと鎧を見つめる。

そのときだった――

「汝《なんじ》に、我《わ》が名を捧《ささ》げよう……」

と、上位古代語《ハイ・エンシエント》が響いた。

「我が名を捧げる？」

リウイは耳を疑《うたが》った。

「鎧が、しゃべったの？」

ミレルが目を丸くする。

「我が名は番兵《センチネル》……汝こそ我が主《あるじ》……」

鎧は、そう続けた。

「汝って誰だ？」

リウイは首を傾《かし》げた。

「リウイ殿《どの》でしょう。とどめの一撃《いちげき》を与えられたのだから」

シヴィルが笑顔を見せる。

「使われたらよいのではありませんか？　これほど、我らを苦しめた鎧です。これからの聖剣探索の旅にきっと役に立つはず」

「オレは魔術師なんだけどな……」

リウイは苦笑する。こんな鎧を着ていては、魔法をかけることはできない。

「魔法王の鍛冶師が鍛えた魔法の武具でしょ。置いていくわけにはゆかないんだし、どうせなら使ったら。どういう魔力があるかは、ゆっくりと調べるとして……」

「そうだな。せっかくだから貰《もら》っておくとするか……」

アイラの言葉に、リウイはうなずいた。

強敵《きょうてき》を相手にするときには、魔術よりも剣で戦うことになる。ヴァンが鍛えたこの鎧と剣は間違いなく最強《さいきょう》の装備《そうび》なのだから——


賢者《けんじゃ》の国を舞台《ぶたい》にした魔法戦士の冒険《ぼうけん》はこれで終わる。

しかし、それは言うまでもなく、世界を滅亡《めつぼう》に導《みちび》くという魔精霊アトンと、それを倒《たお》すために鍛えられた聖剣ファーラムを巡《めぐ》る冒険の第一幕《まく》でしかない。

魔法王の鍛冶師ヴァンの屋敷《やしき》で発見された宝物庫から大量の宝物と書物をオランへと持ち帰ったリウイとその仲間たちは、休むことなく砂塵《さじん》の王国エレミアへの旅路《たびじ》に着いたのである。エレミアの港《みなと》から、遥か南に浮かぶ呪われた島へと渡るために……

あとがき

また刊行《かんこう》がだいぶ遅《おく》れてしまいました。このところ、雑誌《ざっし》の原稿《げんこう》はなんとか間に合わせているのですが、それを文庫本《ぶんこぼん》にまとめる時間がなかなか取《と》れないのが現状《げんじょう》です。仕事の量が多いというより、タイトル数が多くなってきて、頭の切り替《か》えがとにかく大変《たいへん》。

年を取るごとに記憶力《きおくりょく》は衰《おとろ》えてくるし、シリーズが長くなってなると、以前に書いた記《き》述《じゅつ》を探しだすのも一苦労《ひとくろう》する。注意《ちゅうい》はしているつもりですが、ミスもいろいろしているはず。もし気づかれても、読者の皆様《みなさま》には広い心でご容赦《ようしゃ》くださるようお願いします。

さて、この『賢者《けんじゃ》の国《くに》の魔法戦士』から、予告どおり『魔法戦士リウイ』のシリーズも第三期《サード・シーズン》となります。〝ファーラムの剣〟をめぐるサード・シーズンはリウイたちが活躍《かつやく》する舞台《ぶたい》がどんどん広がり、物語のスケールも大きくなる。本書はそのグランド・プロローグというところです。

『ドラゴンマガジン』誌では三回に渡《わた》って連載《れんさい》しましたが、とてもそれだけでは収《おさ》まりきれず、大幅《おおはば》に書《か》き足して一冊にまとめました。原稿枚数にして、ほぼ倍《ばい》になっています。

それでも、文庫本としてはやや薄《うす》い感がありますが、プロローグのことゆえ、大目に見ていただければと思います。その代わりというわけではありませんが、次巻『呪縛《じゅばく》の島《しま》の魔法戦士』は相当、分厚《ぶあつ》くなるはずです。

今回、登場したオラン聖剣探索隊《せいけんたんさくたい》のメンバーは、書いてみてけっこう気に入ったんで、再登場《さいとうじょう》の機会《きかい》はきっとあると思います。

シヴィルとジーニがうまくからむと、これまでにない世界が広がるかもしれないし（物語としてですよ）、ダニロが片想《かたおも》いしている地方領主《りょうしゅ》のわがまま娘《むすめ》も意外に重要《じゅうよう》な役割《やくわり》を果《は》たしそうな気もします。そして暗黒神《あんこくしん》の女性神官《しんかん》エメルも、今回は比較的《ひかくてき》、おとなしくさせましたが、やがてはその自由奔放《じゆうほんぽう》さを発揮《はっき》してくれると思ってます。そして、リウイがまたまた主人となってしまった〝生ける鎧《リビング・アーマー》〟も、小道具というより、キャラクターとして活躍してくれるのではないか、と期待しています。

アイラがもどってきて、リウイたちの関係がほぼ昔にもどり、『剣の国の魔法戦士』からのファンには文体や作品の雰囲気《ふんいき》が軽くなったように見えるかもしれませんが、作者としましては、今の彼らのほうが書いていて自然という気がしています。

リウイという男は、僕《ぼく》が書く他の作品にはあまりいないタイプで、無論、作者自身ともぜんぜん似《に》ていません。

ホント、このシリーズはいろいろな偶然《ぐうぜん》が積《つ》み重なって、続いているような気がします。作者の計算外《けいさんがい》のことばかりで、書いていて作品に教えられることが非常《ひじょう》に多いです。だからこそ、僕も飽《あ》きることなく、シリーズを続けていられるのでしょう。

世界よりも物語よりも、このシリーズはやはりキャラクターの魅力《みりょく》があってこそ成立《せいりつ》すると思っています。無論《むろん》、読者の皆さんを驚《おどろ》かせるようなアイデアやトリックを用意してこそですが、キャラクターがもっとらしく振《ふ》る舞《ま》えるように、がんばりたいと思います。

それでは『呪縛の島の魔法戦士』でふたたびお目にかかりましょう。

初出

この作品は、月刊ドラゴンマガジン2003年11月号〜2004年1月号掲載分に加筆修正を加えたものです。

富士見ファンタジア文庫

魔法戦士リウイ　ファーラムの剣

賢者《けんじゃ》の国《くに》の魔法戦士《まほうせんし》

平成16年8月25日　初版発行

著者——水野《みずの》　良《りょう》

発行者——小川　洋

発行所——富士見書房

〒102　東京都千代田区富士見1-12-14

電話　営業　03(3238)8531

　　　編集　03(3238)8585

振替　00170-5-86044

印刷所——暁印刷

製本所——コオトブックライン

落丁乱丁本はおとりかえいたします

定価はカバーに明記してあります

2004 Fujimishobo, Printed in Japan

ISBN4-8291-1633-1 C0193

富士見ファンタジア文庫

魔法戦士リウイ

剣の国の魔法戦士

水野 良

オーファンの魔術師ギルドに所属するリウイは、研究よりも冒険を好み、運と腕まかせの日々に明け暮れていた。

そんなある日、ギルドに呼びだしを受けたリウイは、そこでギルドの後継者フォルテスの密謀を知る。

独力で解決をはかるリウイをよそに、事件は思わぬ展開を見せはじめた……。

水野良が贈るアレクラスト・サーガ開幕！

魔法戦士リウイ

湖岸の国の魔法戦士

水野 良

"剣の王国"オーファンの妾腹《バスタード》の王子リウイ。そして、彼と行動をともにする美しき三人の冒険者たちは、王の密命を受けて"賢者の国"オランへ向かっていた。

身分を隠しての旅ゆえに、無用な騒動をさけるため彼らは、"湖岸の国"ザインに立ち寄る。しかし運命の神は、リウイをより深い混乱と陰謀の渦の中に導いてゆく……。

水野良のアレクラスト・サーガ決定版！